सत्यजित र

2 मई, 1921 को गड़पार रोड, दक्षिणी कलकत्ता (बंगाल) में जन्म। पिता सुकुमार राय एक प्रतिष्ठित व्यक्ति थे।

प्रारम्भिक शिक्षा घर पर हुई। पाँच साल की आयु में माँ सुप्रभा राय के साथ भवानीपुर में नाना के घर जाकर रहने लगे। सन् 1936 में बालीगंज गवर्नमेंट हाईस्कूल से मैट्रिक पास किया। इसके बाद प्रेसीडेंसी कॉलेज और शान्तिनिकेतन से शिक्षा ग्रहण की।

बांग्ला फ़िल्मों के अन्तरराष्ट्रीय ख्यातिप्राप्त निर्देशक होने के साथ-साथ उच्च कोटि के संगीतकार, चित्रकार, छायाकार, पत्रकार और लेखक। बच्चों के लिए विशेष तौर पर काम किया है।

'पथेर पांचाली' उनकी विश्वप्रसिद्ध बांग्ला फ़िल्म है। हिन्दी सिनेमा को भी उन्होंने 'सद्गति' और 'शतरंज के खिलाड़ी' जैसी फ़िल्में दीं। अपनी कला-मर्मज्ञता के कारण वे कई उच्चस्तरीय राष्ट्रीय व अन्तरराष्ट्रीय समितियों के पदाधिकारी रहे। भारत के सर्वोच्च नागरिक सम्मान 'भारत रत्न' और ऑस्कर समेत अनेक सम्मानों, पुरस्कारों से सम्मानित।

निधन : 23 अप्रैल, 1992

जय बाबा फेलूनाथ

सत्यजित राय

बांग्ला से अनुवाद
अमर गोस्वामी

रेमाधव पेपरबैक्स

रेमाधव पेपरबैक्स में
पहला संस्करण : 2006
दूसरा संस्करण : 2023

रेमाधव पेपरबैक्स : उत्कृष्ट साहित्य के जनसुलभ संस्करण

रेमाधव पब्लिकेशन्स प्राइवेट लिमिटेड
जी-17, जगतपुरी, दिल्ली-110 051
द्वारा प्रकाशित

शाखाएँ : अशोक राजपथ, साइंस कॉलेज के सामने, पटना-800 006
पहली मंजिल, दरबारी बिल्डिंग, महात्मा गांधी मार्ग, प्रयागराज-211 001

वेबसाइट : www.remadhav.com
ई-मेल : contact@remadhav.com

बी.के. ऑफ़सेट
नवीन शाहदरा, दिल्ली-110 032
द्वारा मुद्रित

मूल्य : ₹ 199

JAI BABA FELOONATH
Novel by Satyajit Ray
Translated by Amar Goswami

ISBN : 978-81-89850-57-9

जय
बाबा
फेलूनाथ

एक

रहस्य रोमांच उपन्यासकार लालमोहन गांगुली उर्फ जटायु ने प्लेट से एक मूँगफली लेकर अँगूठे और बगल की अँगुली से जैसे ही होशियारी से उसे हल्के से दबाया कि भूरे छिलके में से चिकना सफेद बादाम सट् से निकलकर उनकी बाईं हथेली में आ गया। उसे मुँह में रखकर छिलके को सामने मेज पर रखे ऐश-ट्रे में फेंककर अपना हाथ झाड़ते हुए उन्होंने पूछा, "कभी दशाश्वमेध घाट पर विजयादशमी देखी है?"

फेलूदा के सामने शतरंज बिछी थी, जिसपर एक सफेद राजा, एक सफेद हाथी, एक सफेद घोड़ा तथा एक काला राजा और दो काले घोड़े बचे हुए थे। शतरंज की बगल में 'ग्रेट गेम्स ऑफ चेस' नामक किताब खुली थी; फेलूदा उसमें से एक चैम्पियनशिप खेल

चुनकर उसके चाल किताब देख-देखकर चल रहे थे। खेल आधा हो चुका था कि तभी लालमोहन बाबू तशरीफ लाए थे। आजकल उनके साथ दिखावे की भद्रता किए बिना भी काम चलता था, इसलिए फेलूदा श्रीनाथ को चाय लाने के लिए कहकर अपना बाकी खेल खत्म करने में जुटे हुए थे, और चालों के बीच-बीच में लालमोहन बाबू के प्रश्नों का जवाब भी देते जा रहे थे। इस सवाल के जवाब में भी उन्होंने किताब से आँखें उठाए बिना ही कहा, "उहूँ।"

"ओह, अब आपको क्या बताऊँ। वह एक, जिसे कहते हैं, धूमधाम वाली चीज है। आप देखे बिना उसकी कल्पना भी नहीं कर सकते।"

फेलूदा ने शतरंज की आखिरी चाल चलते हुए बोर्ड की ओर कुछ क्षण देखते हुए कहा, "आप क्या मुझे ललचाने की कोशिश कर रहे हैं?"

"कुछ हद तक आपने ठीक ही समझा है, हें हें।"

"मगर आपने जिस तरह से कहा, उससे आपकी कोशिश बिल्कुल व्यर्थ हो सकती है।"

"क्यों?" लालमोहन बाबू की दोनों भौंहें नाक के ऊपर सिकुड़कर सेकेंड ब्रैकेट जैसी हो गईं।

फेलूदा बोर्ड बन्द करके गोटियों को डिब्बे में रखते हुए बोले, "क्योंकि किसी भी घटना या दृश्य के बारे में सिर्फ धूमधाम विशेषण का इस्तेमाल करने से दरअसल कुछ कहने का कोई मतलब नहीं निकलता। उससे आँखों के सामने कोई चाह नहीं पनपती। आप उपन्यास लिखते हैं, आपका वर्णन इतना टरकाऊ तो नहीं होना चाहिए।"

"ठीक कहा, ठीक कहा,"—लालमोहन बाबू दाँतों से अपनी जीभ दबाकर हड़बड़ाते हुए बोले। "असल में पच्चीस साल हो गए हैं न, इसीलिए सारे डिटेल दिमाग में गड्डमड्ड हो गए हैं। मगर दशाश्वमेध का

प्रतिमा विसर्जन देखकर इतना याद है कि मेरे कान और आँखें चौंधिया गई थीं।"

"वही तो—आँखें और कान। वर्णन में इन दोनों के लिए खुराक होना चाहिए, सम्भव हो तो नाक के लिए भी।"

"नाक!" लालमोहन बाबू की दोनों भौंहें और ऊपर चढ़कर एक जोड़ी मेहराब बन गईं।

"अगर हो सके तो।...कलकत्ता के राह-घाट में कोई विशेष गन्ध नहीं मिलती, ऐसी बात नहीं है। लेकमार्केट के पास शाम के वक्त बेले के फूलों की महक या न्यूमार्केट के पश्चिम की ओर बर्टम स्ट्रीट के किसी भी खास हिस्से में सूखी मछलियों की महक, अस्पताल के पास डिसइन्फेक्टेण्ट की महक, श्मशान के पास मुर्दे जलने की महक—इन पर जरूर आपका भी ध्यान गया होगा। उसी तरह काशी के वर्णन में भी कुछ ऐसी महकों की चर्चा किए बिना क्या काम चलता है? विश्वनाथ की गली में धूप, गुग्गुल, गोबर, काई, लोगों के पसीने की मिली-जुली महक, फिर गली से बाहर निकलकर चौड़े रास्ते से घाट की ओर पैदल चलते समय कुछ समय तक लगभग एक न्यूट्रल गन्धहीन माहौल, फिर घाट की सीढ़ियों पर पहुँचते ही हर सीढ़ी पर ऐसी तेज बदबू बढ़ती जाती है कि सारा खाया-पिया बाहर आने की हालत हो जाती है। वह उन बकरों के बदन से निकलती है, जिसे अगर किसी को पता नहीं हो तो उसे समझने में वक्त लगेगा। इसके बाद उन बकरों को पीछे छोड़कर थोड़ा आगे बढ़ते ही एक ऐसी महक मिलेगी जिसमें पानी, मिट्टी, तेल, घी, फूल, चन्दन, धूप, गुग्गुल आदि की सामूहिक गन्ध समायी रहती है।"

"इसका मतलब आप बनारस हो आए हैं,"—जटायु ने कहा।

"हाँ। उन दिनों कॉलेज में पढ़ता था। हिन्दू विश्वविद्यालय से क्रिकेट खेलने गया था।"

लालमोहन बाबू को अपनी जेब टटोलते देखकर फेलूदा ने कहा, "आप जिस अखबार की कतरन ढूँढ़ रहे हैं, वह आपके इस कमरे में आने के आधा मिनट में ही आपकी जेब से निकलकर गिर पड़ी थी, जो अब उस टेलीफोन के मेज के पाए में लटकी हुई है।"

"ओह, रुमाल निकालते वक्त..."

लालमोहन बाबू के उठने के पहले ही मैंने वह कतरन उनके हाथों में दे दी।

फेलूदा बोले, "यह वही कलवाली खबर है न? काशी के फलाने साधु बाबा के बारे में?"

लालमोहन बाबू कुछ और हड़बड़ाकर बोले, "आपको पता है, फिर भी इतनी देर से कुछ नहीं कहा? आप ही कहिए, कितना रहस्यमय मामला है।"

मैंने लालमोहन बाबू के हाथ से कतरन को लेकर देखा, उसमें लिखा था—

वाराणसी के मछली बाबा

'वाराणसी। खबर मिली है कि विगत बृहस्पतिवार को शहर में एक साधु बाबा के अविर्भाव ने लोगों में एक उत्सुकता जगा दी है। अभयचरण चक्रवर्ती नामक बंगाली टोला के एक बुजुर्ग नागरिक को केदार घाट में सबसे पहले इन साधु बाबा के दर्शन हुए और शीघ्र ही उनकी अलौकिक क्षमता का ज्ञान भी हुआ। फिलहाल चक्रवर्ती बाबू के यहाँ ही साधु बाबा रह रहे हैं। अपने भक्तों के बीच वे मछली बाबा के नाम से जाने जाते हैं। उनका कहना है कि बाबाजी गंगाजी में बहते हुए वाराणसी में पहुँचे हैं।'

इस तरह के बाबाओं के किस्से अब इतने सुनने को मिलते हैं कि

मुझे इस खबर में कोई खास बात नजर नहीं आई। मगर लालमोहन बाबू बड़े प्रभावित नजर आए। उन्होंने कहा, "हो सकता है तिब्बत में गंगा जहाँ से निकलती है वहाँ से उन्होंने अपनी यात्रा प्रारम्भ की हो। यह सोचने पर देह रोमांचित हो जाती है।"

"यह आपसे किसने कह दिया कि गंगा तिब्बत से निकलती है?"

"अरे हाँ-हाँ, सॉरी। वहाँ से शायद ब्रह्मपुत्र नद निकलता है। खैर कोई बात नहीं, तिब्बत न सही हिमालय तो है। वह क्या कम दूर है?"

"आपके मन में क्या उनके दर्शन की इच्छा जग गई है?"

"कोई ऐसा-वैसा साधु होता तो मन नहीं करता, मगर क्या इनमें आपको किसी रहस्य की गन्ध नहीं मिलती? मछली बाबा—नाम ही तो यूनिक है।"

फेलूदा तख्तपोश से उठकर खड़े हो गए।

"नाम अजीब है, इसे मान रहा हूँ। इस खबर को पढ़कर बस उसी एक चीज पर ही ध्यान जाता है, और कुछ नहीं। काशी अगर जाना ही हो तो मछली बाबा के लिए नहीं। कचौड़ी गली के हनुमान हलवाई की रबड़ी का स्वाद अभी भी जबान पर बना हुआ हें। यह चीज तो कलकत्ता के बाजार से खत्म ही हो गई है।"

"और अगर जाने पर पता चले कि हलवाई का किसी अज्ञात अपराधी ने खून कर दिया है—उसकी रबड़ी का रस खून के छींटों से गुलाबी हो गया है—तो फिर कहना क्या। काशी की सैर भी हो जाएगी, एक केस भी मिल जाएगा और कैश भी हाथ आएगा—हा-हा। एक ढेले से तीन चिड़ियों का शिकार। आप तो फिर वहाँ कुछ दिन के लिए जम जाएँगे, है न?"

बात ठीक है। तीन महीने से फेलूदा के हाथ में कोई केस नहीं

था। हालाँकि उसका एक कारण था, और उसे मैं इसके पहले भी कह चुका हूँ। फेलूदा का कहना था कि किसी क्राइम के पीछे अगर किसी तेज दिमागवाले अपराधी की कारगुजारी नजर न आए, तो उस क्राइम का हल ढूँढ़ने में खास दिमाग लड़ाने की जरूरत नहीं पड़ती, और अगर दिमाग न लड़ाया जाए तो फेलूदा को मजा नहीं आता था। फलस्वरूप केस मामूली नजर आने पर वे कई बार मुवक्किल को इनकार कर देते थे। दरअसल फेलूदा अपनी तीक्ष्ण बुद्धि को धार पर चढ़ाने का मौका चाहते थे। ऐसा मौका पिछले तीन महीनों से नहीं मिला था, हालाँकि ऐसे खाली समय का उपयोग फेलूदा ने ढेरों पुस्तकें पढ़ने में किया। नियमित व्यायाम करते रहे, सिगरेट पीना कम कर दिया, शतरंज में वक्त बिताया, दो बार बाल कटवाए, दो बांग्ला, एक हिन्दी और पाँच विदेशी फिल्में देख लीं। तथा एक दिन मुझे साथ लेकर श्याम बाजार पँचराहे से बालीगंज हमारे घर तक एक घण्टा सत्तावन मिनट में पैदल चलकर आए। इस बीच एक दिन दाढ़ी-मूँछ रखने की बात सोचकर सात दिनों तक शेविंग नहीं की, फिर आठवें दिन आईने में अपना चेहरा देखकर अपना विचार बदलकर फिर से अपनी पुरानीवाली शक्ल में लौट आए।

लालमोहन बाबू ने कहा, "आपके हाथ में केस नहीं है। और मेरी खोपड़ी में कोई कहानी का प्लॉट नहीं है। पहली बार इस दशहरे में मेरी कोई किताब नहीं छपी, आपको पता ही है। पहले तो इस किताब, उस किताब से थोड़ा-बहुत मारकर उस पर थोड़ा पॉलिश करके जैसा भी हो कुछ लिख लेता था, मगर आपके हाथों से पकड़े जाने पर यह चोरी देर तक नहीं चल पाई, इसीलिए अब खुद का दिमाग लड़ाना पड़ता है। सोच रहा था, कलकत्ता के इस बन्द आबोहवा से निकल पाने पर शायद दिमाग कुछ काम करने लगे।"

"मैं चल सकता हूँ, मगर एक खतरा है।"

"कैसा खतरा?"

"कहीं ऐसा न हो कि वहाँ पहुँचकर न मुझे कोई केस मिले और न आपको कोई प्लॉट।"

वाराणसी पहुँचकर लालमोहन बाबू को कहानी का प्लॉट तो मिल गया, मगर वापस लौटने के दो महीने बाद क्रिसमस के मौके पर उनका जो रहस्य उपन्यास प्रकाशित हुआ, उसके साथ टिनटिन की एक कहानी की आश्चर्यजनक समानता थी।

मगर फेलूदा को वहाँ जाकर सचमुच लाभ हुआ था। ऐसा न होता तो यह किताब भी न लिखी गई होती। फेलूदा के जीवन के सबसे धुरन्धर और खतरनाक प्रतिद्वन्द्वी से उन्हें वाराणसी में ही लड़ना पड़ा था। बाद में उन्होंने कहा था—"तोपसे, ऐसे ही एक व्यक्ति का मैं इतने दिनों से इन्तजार कर रहा था। ऐसे आदमियों से लड़कर जीतना जबर्दस्त टॉनिक का काम करता है।"

दशाश्वमेध घाट सड़क पर कैलकटा लॉज नामक पचास साल पुराना एक बंगाली होटल है। होटल के मैनेजर निरंजन चक्रवर्ती लालमोहन बाबू के गड़पार के पड़ोसी पुलक चटर्जी के सलहज थे। पुलकबाबू को उन्हें हमारे आने की पूर्व सूचना दे दी थी, इससे हमें जगह मिलने में कोई दिक्कत नहीं हुई। हमलोग सुबह साढ़े नौ बजे अमृतसर मेल से वाराणसी पहुँचे। वहाँ से टैक्सी लेकर होटल पहुँचते-पहुँचते दस बज गए।

मैनेजर बाबू उस वक्त होटल में नहीं थे, मगर उनकी जगह जो

सज्जन थे उन्होंने नौकर हरिकिशन के हाथों हमारा सामान ऊपर भिजवा दिया। फिर रजिस्टर में हमारा नाम-पता लिखवाकर दस्तखत करवा लिए।

ऊपर की मंजिल पर पहुँचकर देखा, कमरे में चार बेड लगे थे। उनमें से एक के नीचे एक मँझोले आकार का सूटकेस रखा था। और लापरवाही से लपेटा एक बिस्तरबन्द था। इसके अलावा बेड के बगल के आले में कुछ सामान, कपड़े-लत्ते वगैरह रखे थे। फेलूदा ने एक बार उन पर नजर डालकर लालमोहन बाबू की ओर मुड़कर दबे स्वर में पूछा, "खर्राटों के कारण आपको सोने में कोई परेशानी तो नहीं होती?"

"क्यों? मगर आप तो खर्राटे नहीं लेते।"

"मैं नहीं, मैं हमारे रूम-मेट के बारे में कह रहा हूँ।"

"ताज्जुब है, आपने उस आदमी के थोड़े-से सामान देखकर ही—"

"निश्चित तौर पर नहीं कह रहा, यह सिर्फ अनुमान है। अमूमन मोटे लोग ही खर्राटे लेते हैं, और ये कोई दुबले-पतले नहीं हैं, यह इनके शर्ट-पैंट का आकार देखकर ही समझ में आ रहा है। इसके अलावा फेनेक्स की शीशी से अनुमान लगाया जा सकता है कि इनकी नाक बीच-बीच में बन्द हो जाती है। इस स्थिति में खर्राटे लेने की सम्भावना बनती है।"

"सर्वनाश! कुछ और भी आपकी समझ में आया?"

"आले पर रखी प्रसाधन की चीजों में शेविंग का सामान नजर न आना क्या अर्थपूर्ण नहीं है? हाँ, अगर इन सज्जन को दाढ़ी-मूँछ न निकलती हो तो बात दूसरी है, ऐसा न होने पर कहूँगा दाढ़ी-मूँछ अवश्यम्भावी है।"

हरिकिशन के लाये चाय कप लेकर हम तीनों कमरे की उत्तरी दिशा के बराण्डे में आकर खड़े हो गए। बराण्डा जिस सड़क पर था वह पूर्व की ओर सीधे दशाश्वमेध घाट तक चली गई थी। सड़क के दोनों ओर

कतारबद्ध दुकानों पर हिन्दी और अंग्रेजी में साइनबोर्ड लगे थे। फेलूदा ने कुछ देर तक देखने के बाद कहा, "तोपसे, अगर तुझसे कहा जाए, कलकत्ता से अपना बोरिया-बिस्तर बाँधकर बाकी जीवन यहीं बिताना है तो तू कर सकेगा?"

मैंने थोड़ा सोचकर कहा, "शायद नहीं।"

"मगर यहाँ आकर कितनी खुशी हो रही है, क्या ऐसा नहीं है?"

सचमुच ऐसा ही था। काशी में जीवनभर रहना जरूर अच्छा नहीं लगेगा, मगर जब भी सोचता था कि यहाँ आठ-दस दिनों से ज्यादा रहना नहीं होगा, तभी मन कहता था, वाराणसी जैसी कोई दूसरी जगह नहीं है।

"इसका कारण क्या है, पता है?" फेलूदा बोले, "तू जो नीचे की ओर नजरें किए एक सड़क देख रहा है, सिर्फ इतना नहीं है, तू वाराणसी की सड़क देख रहा है। बनारस, काशी, वाराणसी। कोई मामूली बात नहीं है। पृथ्वी का सबसे पुराना शहर, पुण्यतीर्थ, पीठस्थान।

"रामायण-महाभारत, मुनि-ऋषि, योगी-साधना, हिन्दू-मुसलमान, बौद्ध-जैन सब मिलाकर इस बनारस में कोई जादू है, जिसके कारण शहर गन्दा होते हुए भी अपनी ऐतिहासिकता से झिलमिला रहा है। जो लोग यहाँ रहते हैं उन्हें अपनी रोजी-रोटी के चक्कर में इन बातों पर सोचने की फुर्सत नहीं मिलती, मगर जो लोग कुछ दिनों के लिए यहाँ घूमने आते हैं, वे सब यही सोचकर मुग्ध होते रहते हैं।"

लालमोहन बाबू इस बीच न जाने कब अन्दर चले गए थे, अचानक उनके गले की आवाज सुनकर पीछे मुड़कर देखा वे अपने साथ किसी अनजान व्यक्ति को लेकर हमारी तरफ आ रहे थे। उनकी उम्र पचास के करीब होगी, रंग कुछ गेहुँआ, सर पर गंगा-जमुनी बाल जो बीच से माँग निकालकर उल्टी तरफ काढ़े हुए थे। उनकी तीखी नाक के नीचे पान से रँगे होंठ हल्की हँसी के कारण खुले हुए थे। उन सज्जन ने फेलूदा को

नमस्कार करते हुए कहा, "इनसे आपके बारे में पता चला। हमारा होटल धन्य हो गया है, हें-हें!"

समझ गया, ये ही यहाँ के मैनेजर निरंजन चक्रवर्ती थे।

"कोई असुविधा वगैरह—?"

"नहीं, नहीं—बढ़िया इन्तजाम है।"

"चलिए, नीचे हमारे कमरे में। आप लोगों को चाय मिल गई? सिर्फ चाय? ओह—छी:-छी:।"

दीवारों पर तीन अँग्रेजी और दो बांग्ला कैलेण्डर तथा रवीन्द्रनाथ, सुभाष बोस, विवेकानन्द और श्री अरविन्द की तस्वीरें टँगी थीं। मैनेजर

के कमरे में बैठकर हम लोगों ने एक बार और चाय तथा सोहनहलवा खाया। यह कमरा होटल के अन्दर की ओर था, इसलिए रिक्शा की घण्टी के अलावा सड़क का और कोई शोर सुनाई नहीं दे रहा था।

निरंजन बाबू ने कहा, "हमारे होटल में विगत मार्च को विश्वश्री गुणमय बागची भी ठहरे थे—आप लोगों के तीन नम्बरवाले कमरे में ही अद्धी का कुर्ता पहनकर गोदौलिया के मोड़ पर पान खाने गए थे कि तीन मिनट में सड़क पर भीड़ इकट्ठी हो गई। अपना हाथ मोड़कर मुँह में पान रख रहे थे, उसी में उनके हाथ की मछलियों ने लोगों का ध्यान खींच लिया...आप भी होटल छोड़ने से पहले हमारे एलबम में दो लाइन जरूर लिखकर जाइएगा। उसमें अनेक गुणी लोगों के मन्तव्य दर्ज हैं। मगर महँगाई का बाजार, आप समझ ही रहे हैं—आप लोगों को मन लायक खाना खिला नहीं पाऊँगा, इसी का दु:ख है।"

फेलूदा ने कहा, "आप सिर्फ मेरा लिखा ही क्यों चाहते हैं, ये भी किसी से कम मशहूर नहीं है।"

लालमोहन बाबू विनय की भंगिमा में कुछ कहने को हुए पर चुप रह गए। निरंजन बाबू ने हँसते हुए कहा, "उनके बारे में मेरे सलहज ने पहले ही बता दिया था। मगर आपका आना मेरे लिए सरप्राइज है, यही कह रहा हूँ।"

लालमोहन बाबू तभी से कुछ कहने के लिए अकुला रहे थे। अब कह न पाने के कारण बोले, "अखबार में पढ़ा, यहाँ एक साधु बाबा का आविर्भाव हुआ है।"

"कौन आबलूस बाबा?"

"ये कोई और होंगे, उनका नाम आबलूस नहीं, अखबार में मछली बाबा लिखा है।"

"वही हुआ। यहाँ के लोग मछली कह रहे हैं। आबलूस नाम तो मैंने

रखा है। खुद जाकर देखिएगा, यह नाम ठीक है कि नहीं।"

"वे क्या वाकई तैरकर आए हैं?"

ये सवाल लालमोहन बाबू ही पूछ रहे थे, फेलूदा सुन रहे थे। निरंजन बाबू ने कहा, "यही तो लोग कह रहे हैं। कह रहे हैं वे इस वक्त प्रयाग से आए हैं। मगर स्टार्टिंग पायण्ट हरिद्वार है। यहाँ से मुंगेर-पटना जाएँगे। उसके बाद शायद एक दिन देखें कलकत्ता के बाबूघाट पहुँचकर बाबाजी ने लंगर डाला है।"

"उनकी अलौकिक क्षमता क्या है?"

"जो सुना है बताता हूँ। बाबाजी केदार घाट पर चित पड़े हुए थे। भोर रात को अभय चक्रवर्ती घाट पर नहाने पहुँचे थे। पैंतीस सालों की आदत है साहब! घड़ी देखकर ठीक साढ़े चार बजे पहुँचते हैं। जाड़ा, गर्मी, बरसात कोई फेर-बदल नहीं। सत्तर साल की उम्र हो गई है। आँखों में जाले पड़ गए हैं। पैर रखते वक्त उन्होंने महसूस किया कि उनका पैर पथरीली सीढ़ी के बजाय किसी नरम-जैसी चीज पर पड़ा है। उन्होंने झुककर देखा, एक आदमी था। उसकी चमड़ी सिकुड़ी हुई थी, लग रहा था काफी देर तक पानी में रहा होगा। उसके बदन में थोड़ी हरकत हो रही थी, जैसे बेहोशी की हालत से अभी-अभी होश में आया हो। चक्रवर्ती महाशय झुककर जब उसे देख रहे थे तभी बाबाजी ने आँखें खोलकर उनकी तरफ देखते हुए हिन्दी लहजे में बांग्ला में कहा, "माँ ने तुझे पानी से चारों तरफ घेर रखा है फिर भी तुझे आग का डर है?" बस इसी बात से अभय चक्रवर्ती की आँख खुल गई।

हम तीनों एक-दूसरे को देखने लगे, यह देखकर निरंजन बाबू ने सारी बात समझा दी—

"काशी आने से पहले चक्रवर्ती बाबू चूँचुड़ा में रहते थे। वहाँ पर एक बार काली पूजा में उनके घर में आग लग गई। उसमें उनकी पत्नी

और चौदह साल का एक लड़का जल गए। तभी से वे उदासीन होकर काशीवास करने लगे। अत्यन्त सदाशय, सात्विक व्यक्ति। बाबाजी की इस बात से उनके मन की हालत का आप अन्दाज लगा सकते हैं।

"उसी दिन से बाबाजी अभय चक्रवर्ती के घर में रह रहे हैं?"

"उस दिन क्या महाशय, कुछ ही घंटे में दीक्षा वगैरह कम्प्लीट हो गई। उसके बाद जो होता है। खबर फैल गई। लोगों की भीड़ आने लगी। रेगुलर दर्शन। अभय चक्रवर्ती का घर घाट के करीब ही है। भीतर आँगन है। चबूतरे पर बाबाजी बैठते हैं। आँगन में भक्तगण। एक-एक करके भक्त उनके पास जाते हैं, बाबाजी उन्हें एक-एक मन्त्रसिद्ध शल्क देते हैं।"

"शल्क क्या चीज होती है?"

"मछली के शरीर के छिलके महाशय। लोगों का कहना है कि स्वयं विष्णु भगवान ने फिर से मछली के रूप में अवतार लिया है।"

"वे छिलके खाने होते हैं क्या महाशय?" लालमोहन बाबू ने इस तरह नाक सिकोड़ी जैसे उन्हें बू आ रही हो।

"खाएँगे क्यों? अगले दिन सूरज निकलने के ठीक पहले, जिसे ब्राह्ममुहूर्त कहते हैं, उस समय उसे गंगा में प्रवाहित कर देना होता है।"

"ऐसा करने से क्या किसी को फल मिल रहा है?"

"और लोगों की बात तो कह नहीं सकता, मुझे कॉलिक पेन जैसा कुछ हो रहा था, मुझसे डॉक्टर ने मैगफस खाने के लिए कहा था। खा भी रहा था। बाबाजी आए, दर्शन किया, मछली का छिलका मिला। उसे अगले दिन प्रवाहित कर दिया। अब दर्द नहीं के बराबर रह गया है। अब वह होमियोपैथी का गुण हो या छिलकापैथी का, कह नहीं सकता।"

"वे यहाँ कब तक रहेंगे, कुछ पता है?"

"ये धरती पर कहीं भी ज्यादा दिन नहीं रहते। मगर उनके जाने का दिन उनके भक्त ही तय करते हैं।"

"किस तरह से?"

"वह आज शाम को पता चलेगा। आप लोगों को ले जाऊँगा। आज ही पता चल जाएगा कि बाबाजी की काशी की मियाद और कितने दिन है।"

दो

निरंजन बाबू के कमरे में और कुछ देर तक बातें करके हम लोग निकल आए। उन सज्जन ने कहा, अभी उनके पास थोड़ा वक्त है, इसके बाद उन्हें बैंक में जाना पड़ेगा, उसके पहले वे हम लोगों के साथ घूम सकते हैं।

होटल से निकलकर दाहिनी ओर कुछ दूर जाते ही सड़क के लोगों और आने-जानेवाली गाड़ियों की आवाजों के साथ-साथ बड़ी आवाज भी सुनाई पड़ती है। कुछ दूर और आगे बढ़ते ही एक मोड़ घूमने के बाद सामने गंगा नजर आती है। वहाँ से सड़क की ढलान के बाद सीढ़ियाँ शुरू हो जाती हैं। हर सीढ़ी के बीच में और उसके दोनों तरफ कतार में भिखारी बैठे रहते हैं। एक साथ इतने भिखारी—मैंने

पहले कभी नहीं देखे थे। इन भिखारियों के आसपास भेड़ों का झुंड घूम रहा था। लालमोहन बाबू ने कहा, "धन्य है आपके नाक की स्मरण शक्ति। यह महक तो मुझे भी पिछली बार महसूस हुई थी। मगर जाने कैसे मैं भूल गया था।"

दशाश्वमेध घाट का वर्णन करते हुए शायद मैं भी लालमोहन बाबू की तरह धूमधाम शब्द का प्रयोग करता, मगर फेलूदा के टोकने के बाद उसे कहने का सवाल ही नहीं उठता था। होटल में वापस लौटकर घाट में लोगों को क्या-क्या करते देखा था, इसकी एक नम्बरवार सूची बनाने बैठा तो संख्या एक सौ तेरह तक पहुँच गई। उसे पढ़कर फेलूदा ने कहा, "बहुत खूब, मगर तुमने पूरी तीस चीजें इसमें छोड़ दी हैं।"

घाट की सीढ़ी पर खड़े होकर उत्तर दिशा में देखने पर रेल का पुल नजर आता था, और पूर्व की ओर नदी के उस पार रामनगर दिखता था—जहाँ राजा और उनका किला था, साथ ही नदी के किनारे साधुओं का एक अखाड़ा भी था।

दशाश्वमेध घाट के करीब उत्तर दिशा की ओर मानमन्दिर घाट था। घाट के ठीक ऊपर एक मकान की छत पर करीब चार सौ साल पहले राजा जयसिंह की बनाई वेधशाला थी। दिल्ली की भाँति ही यह भी एक छोटा जन्तर-मन्तर था। शायद फेलूदा उसे देखने के लिए ही मानमन्दिर घाट पर सीढ़ियाँ चढ़ रहे थे। तभी एक घटना घट गई।

यह कहने की जरूरत है कि इस तरफ दशाश्वमेध में नहानेवालों का शोरगुल अमूमन पहुँचता नहीं था। बस कहीं दूर से लाउडस्पीकर पर बजनेवाली किसी हिन्दी फिल्म-गीत और अन्तिम सीढ़ी पर बैठकर दो व्यक्तियों के कपड़ा धोने की आवाज सुनाई पड़ रही थी। हमारी दाईं तरफ एक बरगद का पेड़ था, उस पर कुछ बन्दर मस्ती कर रहे थे। उस पेड़ की ऊपरी शाखें किसी पीले मकान की छत पर झुकी हुई थीं।

किसी के चिल्लाने की आवाज सुनकर हम चारों की नजरें छत की ओर चली गईं।

एक लड़का छत की मुँडेर पर खड़ा था। तिमंजिले मकान की छत की मुँडेर पर वह लड़का जहाँ खड़ा था, उसके सामने एक पतली गली थी, गली की तरफ एक और तिमंजिला मकान था। उसका रंग लाल था। उस मकान की छत पर भी कोई था, हालाँकि वह नजर नहीं आ रहा था। उसी को लक्ष्य करके वह लड़का चिल्ला रहा था।

"शैतान सिंह।"

उसके बोलने के लहजे से लगता था जैसे वह किसी फिल्म का हीरो हो।

बगल से निरंजन बाबू ने फुसफुसाकर कहा, "यह घोषाल का लड़का है। बेहद शरारती है।"

मेरे पेड़ू के हिस्से में बेचैनी-सी होने लगी थी। वह लड़का अगर जरा भी सन्तुलन खो बैठे तो सीधे चालीस-पचास फुट नीचे पथरीली गली में गिर पड़ेगा।

"अब छिपने से कोई लाभ नहीं। मुझे पता है तुम कहाँ हो।" उस लड़के ने फिर से चिल्लाकर कहा।

फेलूदा भी साँस रोके ऊपर का वह दृश्य देख रहे थे। इस वक्त लालमोहन बाबू ने दबे गले से बेसुरी आवाज में कहा, "शैतान सिंह लेखक अक्रूर नन्दी के पाँच रहस्य रोमांच सिरीज के उपन्यासों का खलनायक है।"

ऊपर से फिर चिल्लाने की आवाज आई—"मैं आता हूँ तुम्हारे पास, तुम आत्मसमर्पण के लिए तैयार हो जाओ।"

वह लड़का अचानक मुँडेर से नीचे उतरकर गायब हो गया। सोच रहा था जाने अब क्या नाटक देखने को मिले। ऐसे समय अचानक देखा एक बाँस पीले मकान की मुँडेर से सरकता हुआ सामने वाले लाल मकान

की छत की ओर पहुँचा और इस तरह दोनों मकानों के बीच एक पुल बन गया। इस बार फेलूदा की आवाज सुनाई पड़ी, हालाँकि स्वर दबा हुआ था—

"उसका इरादा क्या है?"

"शैतान सिंह।" इस बार फिर हुंकार सुनाई पड़ी—"तुम्हारे दस तक गिनने के पहले ही मैं तुम तक पहुँच जाऊँगा।"

इस बार सामने जो दृश्य नजर आया, उसे देखकर हमारे पसीने छूट गए। वह लड़का मुंडेर से कार्निश पर उतरकर झट से उस बाँस को पकड़कर शून्य में लटक गया।

"एक-दो-तीन-चार—"

विपरीत दिशा की छत से शैतान सिंह ने गिनती शुरू कर दी, और वह लड़का बाँस पकड़कर लटकते हुए आगे बढ़ने लगा।

"कुछ करिये साहब!" निरंजन बाबू ने काँपते गले से कहा, "मेरा कॉलिक पेन फिर से—"

फेलूदा की दाहिनी हथेली की तर्जनी किसी नाग के फन मारने की तरह उछलकर उनके होंठों पर आ गई। हम सभी साँस रोककर उस छोटे बच्चे का दु:साहसिक कारनामा देखने लगे।

"छह-सात-आठ-नौ—"

नौ गिनने के साथ ही वह लड़का विपरीत दिशा की ओर पहुँचकर कार्निश पर पैर टिकाकर बाँस पर दबाव डालकर झटके से मुंडेर पार कर लाल मकान की छत पर पहुँच गया। इसके बाद एक अनजान गले की तेज चीख सुनाई दी, इसके साथ ही पहले वाले लड़के की विकट हँसी।

लालमोहन बाबू ने कहा, "क्या वाकई उसने उसे मार डाला? मैंने उसकी कमर में छुरे-जैसा कुछ लटकते भी देखा था।"

फेलूदा ने गली की तरफ बढ़ते हुए कहा, "मुझे पता नहीं वह विलेन

कैसा है, पर हीरो अत्यन्त साहसी है इसमें सन्देह नहीं।"

निरंजन बाबू ने कहा, "घोषाल बाबू के यहाँ खबर करने के सिवा और कोई चारा नहीं है।"

हम लोग थोड़ा आगे बढ़ते ही उस लाल मकान के सामने पहुँच गए। मकान के अन्दर अँधेरा था। नजदीक ही शायद सीढ़ियाँ थीं, क्योंकि उस पर धप-धप पैरों की आवाज आ रही थी, उसके साथ उस लड़के के कहे शब्द भी और स्पष्ट सुनाई पड़ रहे थे—

"इसके बाद अब से पानी में गिरोगे और बहते-बहते-बहते-बहते एकदम समुद्र में पहुँच जाओगे, जहाँ झट से एक शार्क आकर तुम्हें समूचा निगल लेगी। और वह शार्क जब कैप्टन स्पार्क पर हमला करेगी तब कैप्टन स्पार्क अपना भाला हचक कर उसके पेट में घोंप देगा, और—"

इसके बाद वह और कुछ कह नहीं पाया, क्योंकि पसीने से नहाये वे दो लड़के दो दरवाजों से बाहर निकल आए, और पहले वाला लड़का हमें देखकर चौंककर वहीं रुक गया। उसकी उम्र दस साल से ज्यादा नहीं रही होगी, वह बेहद गोरा और चेहरा बिल्कुल राजपूतों जैसा था। दूसरे लड़के की उम्र थोड़ी ज्यादा थी। दोनों बंगाली नहीं थे, यह देखकर ही लगता था। दोनों के जबड़े जिस तेजी से चल रहे थे उससे स्पष्ट था वे च्विइंगगम चबा रहे थे।

फेलूदा ने पहलेवाले लड़के से कहा, "यह तो शैतान सिंह है, और तुम कौन हो?"

"कैप्टन स्पार्क!" लड़के ने चाबुक मारने की तरह जवाब दिया।

"तुम्हारा तो एक और नाम होगा। तुम्हारे पिता तुम्हें क्या कहकर बुलाते हैं?"

"मेरा नाम कैप्टन स्पार्क है। मेरे पिता की शैतान सिंह ने दक्षिण

अफ्रीका के जंगल में विषैले तीर से हत्या की थी। उस वक्त मैं सात साल का था। तभी से मेरी आँखों में बदले की बिजली कौंधती रहती है, इसीलिए मेरा नाम स्पार्क है।"

"सर्वनाश!" लालमोहन बाबू के मुँह से निकला, "अरे, इसने तो अक्रूर नन्दी का उपन्यास एकदम रट रखा है भाई साहब!"

वह लड़का लालमोहन बाबू की ओर जलती निगाहों से देखकर अपने दोस्त को लेकर बड़ी गम्भीरता से हमारे सामने से निकलकर गली के मोड़ पर पहुँचकर ओझल हो गया।

"बॉर्न एक्टर।" जटायु ने टिप्पणी की।

फेलूदा ने निरंजन बाबू से पूछा, "आप घोषाल बाबू को जानते हैं?"

"भला मैं नहीं जानूँगा? इतने दिनों से काशी में रह रहा हूँ। उस परिवार के सभी लोगों को जानता हूँ। करीब सौ साल हो गए बनारस में रहते हुए। आपने अभी जिस लड़के को देखा, इसके दादाजी अम्बिका घोषाल यहीं रहते हैं। वकालत करते थे। सालभर हुए छोड़ चुके हैं। खोका के पिता उमानाथ घोषाल कलकत्ता में रहते हैं, केमिकल का व्यवसाय है। हर साल दशहरे में सपरिवार यहाँ आते हैं। उन्हीं के घर में दुर्गापूजा होती है। खानदानी लोग हैं, साहब! इनकी जमींदारी पूर्वी बंगाल में पद्मा के किनारे थी।"

"उमानाथ जी से मिलना चाहता हूँ।"

"जरूर मिलिए। आप लोग तो आबलूस बाबा के दर्शनों के लिए जाने की बात कर रहे थे, वहाँ भी उनके दर्शन हो सकते हैं! सुना है, ये भी दीक्षा लेने की बात सोच रहे हैं।"

आबलूस बाबा को देखकर निरंजन बाबू की प्रशंसा किए बिना नहीं रहा

जा सकता। फेलूदा ने देखा कि नहीं पता नहीं, मगर मैंने अपने जीवन में ऐसा काला आदमी नहीं देखा था। सिर्फ काला ही नहीं, ऐसा चिकना काला कि अचानक नजर पड़ने पर लगता था कि वे बदन पर साँप की केंचुल जैसा कुछ पहने हुए हैं। उसपर कन्धे तक लहरियेदार बाल थे और सीने तक लहरियेदार दाढ़ी थी। दोनों ही घनघोर काले थे। साधु बाबा देखने में जवान थे, तीस-पैंतीस से ज्यादा के होने पर मुझे हैरानी होगी। वैसे भी जवान न होने पर इतनी दूर तक तैरना मुश्किल काम था। बाबा का चेहरा उनके बदन पर पड़े लाल सिल्क की चादर और लुंगी के कारण और चमकदार लगता था।

हम चारों आँगन में भक्तों की भीड़ के पीछे खड़े थे। बाबाजी बरामदे में एक चटाई पर बिछे सफेद चद्दर पर बैठे थे, उनके दोनों तरफ और पीछे की ओर पीले मखमल का तकिया लगा था। बाबा की बाईं ओर एक वृद्ध आँखें मूँदे हाथ जोड़कर बैठे थे। वे अभय चक्रवर्ती थे यह समझने में दिक्कत नहीं थी। बाबा पद्मासन लगाकर बैठे मन्द-मन्द हिलते हुए अपनी दाहिनी हथेली अपने घुटने पर फेर रहे थे। बरामदे के एक किनारे बैठकर एक व्यक्ति खड़ताल बजाकर भजन गा रहा था, उसी के ताल पर बाबाजी हिल रहे थे। उस भजन की शुरुआती दो लाइनें याद थीं जिन्हें होटल में लौटकर एक कापी में लिख ली थीं—

इतनी विनती रघुनन्दन से
दुख-द्वन्द्व हमारा मिटाओ जी

आज मछली के शल्कवाला मामला नहीं था। उसके बदले आज एक विशेष घटना होनेवाली थी। मछली बाबा आज अपने भक्तों से पता करेंगे कि अब उन्हें और कितने दिन काशी में रहना है। उसका तरीका क्या होगा उसे अभी भी कोई नहीं जानता था।

लगता था बनारस में आने के बाद से लालमोहन बाबू की भक्ति बढ़ गई थी। सुबह दशाश्वमेध घाट पर उन्हें तीन बार जोर-जोर से 'जय

बाबा विश्वनाथ' का नाम लेते सुना था। यहाँ आकर भी बाबाजी को देखते ही उनके दोनों हाथ अपने आप जुड़ गए थे। इतनी भक्ति दिखाने से ऐडवेंचरस कहानी का प्लॉट उनके दिमाग में कैसे आएगा, पता नहीं। शायद उन्हें लगता था कि मछली बाबा उन्हें सपने में प्लॉट दे देंगे।

काले पैंट और नीले रंग का बिना कॉलरवाला शर्ट पहनकर एक सज्जन हम लोगों के पीछे से आकर हमारे ही पास खड़े होकर शायद सोच रहे थे कि भीड़ में आगे जाने का रास्ता कैसे निकाला जाय। निरंजन बाबू ने उस व्यक्ति की ओर मुँह बढ़ाकर पूछा, "घोषाल साहब नहीं आए?" उन सज्जन ने धीमे स्वर में कहा, "जी नहीं, आज उनके यहाँ दुर्गापुर से उनके चचेरे भाई और उनकी पत्नी आए हैं, इसीलिए—"

वे सज्जन गेहुँए रंग के थे, उनकी जुल्फें नए फैशन की थीं, आँखों पर चश्मा था, कुल मिलाकर चालाक-चतुर चेहरा था। निरंजन बाबू ने फेलूदा की ओर इशारा करते हुए कहा, "आपसे परिचय करा दूँ, ये विकास सिंह हैं—उमानाथ बाबू के सेक्रेटरी।"

इसके बाद हम तीनों का उनसे निरंजन बाबू ने परिचय करा दिया। फेलूदा का नाम सुनते ही सिंह बाबू की भौंहें सिकुड़ गईं।

"प्रदोष मित्र? जासूस प्रदोष मित्र?"

"हाँ जी," निरंजन बाबू धीमी आवाज में कहना भूल गए— "स्वनामधन्य डिटेक्टिव। और ये भी किसी से कहना चाहिए, कम नहीं हैं—"

लालमोहन बाबू की ओर निरंजन बाबू द्वारा इशारा करने के बावजूद सिंह महाशय की नजरें फेलूदा पर ही जमी रहीं। लगा वे कुछ कहना चाहते थे।

"अरे आप यहाँ हैं, पता होता तो—आप यहाँ पर कहाँ ठहरे हैं?"

"हमारे ही होटल में साहब!" निरंजन बाबू ने इस बार खयाल करके दबे स्वर में यह बात कही।

"ठीक है, मतलब..." विकास बाबू अभी भी कहते हुए हिचकिचा रहे थे, "अच्छा होता, एक बार...ठीक है, कल आपसे सम्पर्क करने की कोशिश करूँगा।"

वे नमस्कार करके भीड़ को ठेलते हुए आगे बढ़ गए।

"एक ब्रह्म, एक सूर्य, एक चन्द्र।"

मछली बाबा दोनों हाथ उठाकर जोर से चिल्लाए। भजन बन्द हो गया। भक्तगण सभी चौंककर सावधान मुद्रा में बैठ गए। इतनी देर तक गौर नहीं किया था, बाबाजी की जिस तरफ अभय बाबू बैठे थे उसकी उल्टी तरफ एक अन्य सज्जन भी बैठे थे। उम्र यही कोई चालीस साल की रही होगी। अपने सामने एक कढ़ाईदार थैला लिये बैठे थे। थैले के पास न जाने काली-काली कोई चीज स्तूपाकार रखी थी।

"दो हाथ, दो पाँव, दो आँखें, दो कान—" बाबाजी ने फिर कहना शुरू किया। यह सब कहने का क्या मतलब था, मेरी समझ में नहीं आ रहा था। वहाँ उपस्थित अन्य लोग भी समझ रहे थे कि नहीं, यह भी समझ में नहीं आ रहा था।

"तीन कुल, तीन काल, चार दिशाएँ, चार युग, पंचभूत, पंच इन्द्रिय, पंचनद, पंच पाण्डव—एक, दो, तीन, चार, पाँच।"

बाबाजी थोड़ा रुके। थैलीवाले सज्जन उनकी ओर मुँह बनाए देख रहे थे, भक्तों की नजरें भी बाबाजी पर लगी थीं। लालमोहन बाबू ने मुझसे फुसफुसाकर कहा, "थ्रिलिंग।" बाबाजी ने फिर से कहना शुरू किया—

"छह रिपु, छह ऋतु, सप्त स्वर, सप्त सिन्धु, अष्टधातु, अष्टसिद्धि, नवरत्न, नवग्रह; दशकर्म, दश महाविद्या, दशावतार, दशाश्वमेध—एक से दस।"

इतना कहकर बाबा जी ने थैलेवाले भक्त को इशारा किया। उन्होंने

फुसफुसाकर बाबा जी से कुछ कहा। इसके बाद भक्तों की ओर मुँह करके अस्वाभाविक रूप से पतले गले से बोले, "इस बार आप लोग एक से दस तक कोई संख्या सोचकर एक-एक करके बाबाजी के सामने आकर इस थैले में से एक कागज का टुकड़ा लेकर उसमें इस लकड़ी के कोयले से उस संख्या को लिखकर मुझे दे दीजिए।" उन्होंने पहले इसे बांग्ला में कहा, फिर हिन्दी में।

फेलूदा ने निरंजन बाबू की ओर थोड़ा झुककर कहा, "जो संख्या सबसे ज्यादा लोग लिखेंगे, क्या उसी से बाबाजी के यहाँ रहने का दिन तय होगा?"

"शायद। मगर ऐसा तो कुछ कहा नहीं।"

"अगर ऐसा हो तो शायद बाबाजी की सात दिन से ज्यादा मियाद नहीं रह गई।"

"आप भी लिखेंगे क्या?"

"नहीं जी। बाबा जी यहाँ रहें या न रहें, इसे लेकर हमें क्या लेना-देना। हम लोग देखने आए हैं। दूर से देखकर चले जाएँगे—बस! मगर एक चीज जानने का कुतूहल है। इन भक्तों में कुछ गण्यमान्य लोग भी हैं या सभी बाबाजी के आदमी हैं?"

"आप भी क्या कह रहे हैं।" निरंजन बाबू की आँखें कपाल पर चढ़ गईं।" आप कह सकते हैं इनमें काफी लोग क्रीम ऑफ काशी हैं। ये देखिए—जो सफेद चद्दर ओढ़कर बैठे हैं, खल्वाट सिरवाले—वे हैं श्रुतिधर महेश वाचस्पति, महापंडित, जन्म से काशी में हैं। उधर देखिए मृत्युंजय सेन कविराज बैठे हैं, साथ में हैं दयाशंकर शुक्ल—इलाहाबाद बैंक के एजेण्ट हैं। जो बाबाजी की बगल में हाथों में झोला लेकर बैठे हैं, वे अभय चक्रवर्ती के भतीजे—अलीगढ़ यूनिवर्सिटी के अंग्रेजी के प्रोफेसर हैं। वकील बैरिस्टर, डॉक्टर, हलवाई—यहाँ कोई छूटा

नहीं है। और महिलाओं की भीड़ तो आप देख ही रहे हैं। और इधर देखिए—"

निरंजन बाबू ने एक सफेद कुर्ता और सफेद बनारसी टोपी वाले रोबीले व्यक्ति की ओर इशारा किया।

"उन्हें पहचानते हैं? वे हैं मगनलाल मेघराज। उनके जैसा घनी और दबंग व्यक्ति काशी में दूसरा नहीं है। बनारस में अगर शेर रहता तो वह इनके नाम से घबड़ाकर यहाँ के बैलों के साथ एक घाट पर पानी पीता।"

"मगनलाल मेघराज?—यह नाम सुना हुआ लगता है।"

निरंजन बाबू फेलूदा की ओर थोड़ा और झुक गए—"और इनके साथ मैं भी हूँ।"

"दो बार पुलिस का छापा उनके यहाँ पड़ चुका है। एक बार कलकत्ता में—उनके बड़ा बाजार की गद्दी और एक बार यहाँ पर। चोर बाजारिये हैं, काला धन रखते हैं—उनके बारे में जो सोचना है, सोच सकते हैं।"

"पुलिस के हाथ कुछ नहीं लगा, यही न?"

"सारी पुलिस तो उनकी मुट्ठी में है शायद। छापा तो नाम के लिए पड़ता है।"

भक्तों का झुंड अभी भी एक-एक करके जाकर कागज पर नम्बर लिख रहा था। देखकर लगता था अभी काफी वक्त लगेगा। हम लोग और पाँच मिनट देखकर बाहर निकल आए। गेट तक पहुँचते-पहुँचते पीछे से किसी के पुकारने की आवाज सुनकर मुड़कर देखा, जिनके साथ निरंजन बाबू ने हमारा परिचय करा दिया था, वही मिस्टर सिंह हड़बड़ाते हुए हमारी तरफ आ रहे थे।

"आप लोग जा रहे हैं?" उन्होंने विशेषकर फेलूदा की ओर देखकर यह पूछा था। जवाब में फेलूदा को कुछ कहने के पहले उन सज्जन ने

कहा, "क्या आप लोग इसी वक्त हमारे यहाँ चलने की कृपा कर सकते हैं? मिस्टर घोषाल आपसे मिलकर बहुत खुश होंगे।"

फेलूदा ने अपनी कलाई घड़ी की ओर देखते हुए कहा, "हमें फिलहाल तो कोई दिक्कत नहीं है। हाँ, निरंजन बाबू को जरूर अपने होटल लौटना होगा।"

"आप तीनों लोग हो आइए," निरंजन बाबू ने कहा, "मगर ज्यादा देर नहीं करेंगे तो भोजन गर्म मिल सकेगा, बस यही कहना था। आज आप लोगों के लिए अण्डा-कढ़ी बनाने के लिए कहा है।"

तीन

"आपका नाम मैंने सुना है। आपने ही तो भुवनेश्वर में यक्षिणी के टूटे सिर को ढूँढ़ निकाला था—ठीक कह रहा हूँ न?"

"जी हाँ!" फेलूदा जितना सम्भव था उतना विनयपूर्वक हँसते हुए बोले। उमानाथ घोषाल चालीस साल से अधिक के नहीं थे, वे बेटे की तरह ही बेहद गोरे थे। उनकी आँखें कंजी और ऊँघती हुई-सी थीं। उनसे बातें करते समय गौर किया कि उनकी दोनों भौंहें एक साथ उठती-गिरती नहीं थीं। एक उठती थीं तो दूसरी नीचे ही रह जाती थीं।

"ये सब आपके—" उन सज्जन की नजरें फेलूदा से होती हुई हम दोनों पर घूम गईं।

"यह मेरा चचेरा भाई तपेश है, और ये हैं लालमोहन गाँगुली। जटायु

के छद्मनाम से रहस्य-रोमांच की कहानियाँ लिखते हैं।"

"जटायु?" उमानाथ की दाहिनी भौंह ऊपर उठ गई—"नाम परिचित-सा लग रहा है। रुकू के पास लगता है इनकी कुछ किताबें देखी हैं। विकास, ठीक कह रहा हूँ न?"

"जी हाँ," विकासबाबू ने कहा, "शायद तीन किताबें हैं।"

"शायद का क्या मतलब? तुम्हीं तो सब रहस्य-रोमांच की किताबें खरीदकर उसके लिए रखते हो।"

विकास बाबू कुछ अकचकाकर हँसते हुए बोले, "इनके अलावा वह और कुछ पढ़ना नहीं चाहता।"

"इस उम्र में तो यही सब पढ़ने को मन करता है, वह तो पढ़ेगा ही।" लालमोहन बाबू ने कहा। सुबह कैप्टन स्पार्क और शैतान सिंह का नाम सुनने के बाद से वे कुछ उदास हो गए थे। अब जाकर उनका चेहरा खिल गया था। रहस्य-रोमांच की पुस्तकों की दुनिया में अक्रूर नन्दी उनके सबसे बड़े प्रतिद्वन्द्वी थे।

फेलूदा ने कहा, "मैं यूँ भी एक कारण से आपसे मिलना चाहता था। आपके बेटे से आज ही हमारी भेंट हुई है। उसका वास्तविक नाम हालाँकि अभी भी मुझे पता नहीं, मगर वह जिस भूमिका में अभिनय कर रहा था, उसका नाम जानता हूँ।"

"अभिनय?" उमानाथ बाबू ठठाकर हँसने लगे—"अरे वह, सिर्फ खुद अभिनय करता है, ऐसा नहीं है, औरों का भी नाम-वाम बदलकर अभिनय कराता है। विकास, उसने तुम्हारा भी तो कोई नाम रखा था?"

"सिर्फ एक?" विकास बाबू हँसने लगे।

"खैर, तो मेरे बेटे से आपकी भेंट कहाँ हो गई?"

फेलूदा ने किसी तरह की अतिशयोक्ति न करके अत्यन्त संक्षेप में

सुबह की घटना के बारे में उमानाथ बाबू को बता दिया। वे सज्जन यह सुनते ही चौंककर खड़े हो गए।

"अरे बाप रे! मेरा बेटा बहुत शरारती है, यह तो जानता था, मगर वह इतना दु:साहसी है, यह नहीं जनता था। वह तो मरते-मरते बच गया है। विकास, एक बार जरा रुकू को बुलाओ तो।"

मिस्टर सिंह उस लड़के को ढूँढ़ने निकल पड़े। फेलूदा ने कहा, "उसका पुकारने का नाम रुकू है यह तो जान गया पर उसका अच्छा नाम क्या है?"

"रुक्मिणी कुमार!" बोले उमानाथ बाबू, "वही मेरा अकेला लड़का है; इसलिए इसे सुनने के बाद मेरी क्या हालत हुई है, आप समझ सकते होंगे।"

दुर्गाकुण्ड रोड पर विराट अहाते में घोषालों का काफी बड़ा मकान था। रात में उसके बाहर अच्छी तरह देख नहीं पाया था, सिर्फ गेट पर संगमरमर के फलक पर लिखा 'शंकरी निवास' नाम मैंने पढ़ा था। हम लोग बैठक में बैठे हुए थे। हम लोगों के दाईं ओर के दरवाजे से पूजा का आँगन दिख रहा था। मैं जहाँ पर बैठा था वहाँ से प्रतिमा का आधा हिस्सा दिखाई पड़ रहा था। रंगाई का काम अभी भी चल रहा था।

नौकर ट्रे में चाय-मिठाई लाकर हमारे सामने मेज पर रख गया। उसके जाने के बाद उमानाथ बाबू बोले, "सुना, आप लोग मछली बाबा के दर्शनों के लिए गए थे। उन्हें देखकर आप लोगों ने क्या महसूस किया"

फेलूदा ने पेड़े का आधा टुकड़ा दाँतों से काटकर मुँह में रखते हुए कहा, "हम लोग थोड़ी ही देर वहाँ रहे थे। सुना, आप भी वहाँ जाते रहते हैं?"

"जाते रहने का मतलब एक बार ही गया था। दूसरी बार जाने की

इच्छा नहीं है, क्योंकि उस दिन घर में न रहने से ही ऐसी दुर्घटना घट गई।"

उमानाथ बाबू खामोश हो गए। हम लोग भी चुप थे। मैंने देखा लालमोहन बाबू ने एक बार नजर बचाकर फेलूदा की ओर देख लिया।

"दुर्घटना?" फेलूदा ने उस खामोशी को तोड़ने के लिए पूछा।

"हाँ।" उमानाथ बाबू ने गहरी साँस ली।—"सिर्फ मूल्य की ही दृष्टि से नहीं, प्रभाव की दृष्टि से भी एक बहुमूल्य वस्तु पिछले बुधवार को, अर्थात मैं जिस दिन बाबाजी के दर्शनों को गया था, उस दिन—

मेरे पिता जी के कमरे से गायब हो गई है। अगर आप उसे ढूँढ़ निकाल सकें तो आपका अशेष उपकार होगा। इसके साथ ही हम आपको उपयुक्त पारिश्रमिक भी देंगे।"

मेरे दिल में अचानक वही परिचित धड़कन शुरू हो गई।

"वह चीज क्या है, जान सकता हूँ?" फेलूदा ने पूछा।

"एक छोटी-सी चीज?" मिस्टर घोषाल ने अपनी दो अँगुली फैलाकर उस चीज का आकार बता दिया।" ढाई इंच लम्बी गणेश की मूर्ति। सोने की मूर्ति। उसपर एक महँगा पत्थर जड़ा था।"

"वह मूर्ति आपके यहाँ कैसे आई?"

"बताता हूँ। सुनने में एकदम कहानी लगेगी—आपका तो लगता है चारमीनार के बिना चलता नहीं।"

उन्होंने अपने होंठों पर जैसे ही एक डनहिल दबाया, फेलूदा ने लाइटर जलाकर उनकी ओर बढ़ा दिया। इसी के साथ खुद भी एक चारमीनार सुलगा लिया। मिस्टर घोषाल एक लम्बा कश लेकर धुआँ छोड़ते हुए अपनी कहानी सुनाने लगे।

"मेरे पितामह के पिता सोमेश्वर घोषाल को घूमने का नशा था। छब्बीस साल की उम्र में वे अकेले देश-भ्रमण के लिए निकल पड़े। उन दिनों रेलगाड़ी चलनी शुरू ही हुई थी। वे कुछ सफर उससे करने वाले

थे, बाकी पैदल या जैसा कोई साधन मिल जाए उससे। वे दक्षिण भारत घूम रहे थे। त्रिचिनापल्ली से मदुरा होकर सेतुबन्ध की ओर बैलगाड़ी से जा रहे थे। जंगलों से घिरा पहाड़ी रास्ता था। उसी समय हथियारबन्द डाकुओं ने उन पर हमला कर दिया। सोमेश्वर बेहद ताकतवर व्यक्ति थे। उनके साथ एक मजबूत लाठी थी। उन्होंने अकेले तीन डाकुओं से लड़ते हुए एक व्यक्ति का सिर फोड़ दिया, बाकी दो भाग गए। डाकुओं की एक थैली छूट गई थी। उसी में गणपति की यह मूर्ति थी। उस मूर्ति को साथ लेकर वे घर लौट आए। उसके बाद से हमारे खानदान की तकदीर पलट गई। आप मुझे बीते जमाने का कोई अन्धविश्वासी—व्यक्ति मत समझिए। मैंने अपने खानदान में जो घटते देखा है। उससे कुछ एक चीजों पर मुझे यकीन हो गया है, बस इतना ही। सच कहूँ, गणेश के आने के बाद से हमारी फैमिली में कभी कोई बड़ी दुर्घटना नहीं घटी। इसके आने के बाद से पद्मा का कगार धँसने से नदी मेरे मकान के बीस हाथ दूर तक चली आई लेकिन मकान को कोई नुकसान नहीं पहुँचा। हालाँकि इसके अलावा भी और उदाहरण हैं। सब बताऊँगा तो लम्बा इतिहास बन जाएगा। असली बात यह है कि करीब सौ साल तक हमारी फैमिली में रहने के बाद आज वह मूर्ति गायब हो गई है। घर में दुर्गापूजा है। बाहर से रिश्तेदार आ रहे हैं, मगर पूरे समारोह पर जैसे कोई काली छाया पड़ी हुई है।"

उमानाथ बाबू जैसे थककर सोफे पर अधलेटे हो गए। फेलूदा ने पूछा, "आप मछली बाबा को देखने कब गए थे?"

"तीन दिन पहले पिछले बुधवार को। पन्द्रह अक्तूबर को। हम लोगों को यहाँ आए हुए दस दिन ही तो हुए हैं। मछली बाबा की बात सुनकर मेरी पत्नी को उनके पास जाने की इच्छा हुई थी, इसलिए उन्हें और रुकू को साथ लेकर गया था।"

"आपके बेटे ने भी जाना चाहा था?"

"नाम सुनकर कुतूहल हुआ था। उसने कहा था कि उसकी किताब में किसी की बात लिखी है जिसने सत्तर मील मगर-घड़ियाल से भरी नदी तैरकर पार की थी। हालाँकि बाबाजी उसे जरा भी अच्छे नहीं लगे थे। दस मिनट में ही वह बेचैन होने लगा था। उसी के लिए तो जल्दी लौटना पड़ा था। लौटकर यह दुर्घटना देखने को मिली।"

"वह सन्दूक आप कह रहे थे कि आपके पिता जी के ही कमरों में रहती थी।"

"हाँ, मगर चाबी मेरे कमरे में ही रहती थी। गुच्छे में पाँच-छ: चाबियाँ भी। उनमें से एक उसी सन्दूक की थी। ऐसे में कहीं निकलने पर वह चाबी मेरी पत्नी के पास ही रहती थी, मगर उस दिन वह भी जा रही थी इसलिए उसे पिता जी के कमरे के दराज में रखकर गया था। शायद बहुत बुद्धिमानी का काम नहीं हुआ था, क्योंकि पिता जी शाम के वक्त थोड़ी अफीम वगैरह लेते हैं, इसलिए ज्यादा होश में नहीं रहते। खैर, जाते समय चाबी को उस दराज में रखकर दराज को ठेलकर बन्द करके गया था। लौटकर देखा वह आधा इंच खुली हुई थी। मुझे सन्देह हुआ। तब सन्दूक खोलकर देखा तो उसमें गणेश नहीं थे।"

फेलूदा कुछ देर भौंहें सिकोड़कर बैठे रहने के बाद बोले, "आप लोगों के यहाँ उस दिन और कौन था। क्या मुझे बता सकते हैं?"

फेलूदा अपनी डायरी नहीं लाए थे, मगर जवाब उन्हें बखूबी याद रहेगा, होटल में लौटकर वे अपनी डायरी में सभी नाम दर्ज कर लेंगे, इसमें मुझे सन्देह नहीं था।

मिस्टर घोषाल ने कहा, "दरबान त्रिलोचन को आपने फाटक पर देखा ही है। वह करीब पैंतीस साल से इस मकान में है। नौकर-नौकरानी, रसोइया सभी पुराने हैं। शशि बाबू तथा उनके बेटे कन्हाई प्रतिमा गढ़ते हैं। शशि बाबू को तीस साल से ज्यादा हो गए यहाँ की प्रतिमा गढ़ते हुए। उनका लड़का भी बहुत अच्छा है। इसके अलावा हमारा माली भी पुराना

है। और विकास है, जिसके साथ आप यहाँ आए हैं।"

"विकास बाबू यहाँ कब से हैं?"

"पिछले पाँच वर्षों से सेक्रेटरी के तौर पर काम कर रहा है, वैसे काफी दिनों से है। वह हमारे घर का सदस्य-जैसा ही हो गया है। उसके पिता अखिल बाबू हमारी जमींदारी सेरेस्ता में काम करते थे। विकास की माँ की उसके पैदा होने के वक्त ही मौत हो गई थी। उसके करीब दस साल बाद उसका बाप भी ड्रापसी में मारा गया। अनाथ लड़का बुरी संगत में बिगड़ रहा है, यह सुनकर मेरे ताऊ जी उसे अपने यहाँ ले आए। लिखाई-पढ़ाई उसकी यहीं हुई। वैसे बुद्धिमान लड़का है। पढ़ने में काफी अच्छा था।"

"चोरी की खबर पुलिस को नहीं दी?"

"उसी रात को दी थी और अभी तक कोई सुराग नहीं मिला।"

"उस गणेश के बारे में किसी बाहरी व्यक्ति को पता था?"

उमानाथ बाबू के जवाब देने के पहले ही विकास बाबू के साथ रुक्मिणी कुमार आकर हाजिर हुआ। मैंने सोचा था कैप्टन स्पार्क के भाग्य में शायद प्रचण्ड डाँट लिखी होगी, लेकिन देखा उमानाथ बाबू वैसे व्यक्ति नहीं थे। सिर्फ कनखियों से एक बार बेटे की ओर देखकर उन्होंने बड़ी गम्भीरता से कहा, "कल से पूजा तक कुछ दिन घर से बाहर नहीं जाओगे। इस घर में बागीचा है, छत है—जितनी मर्जी हो खेलो; पतंग है, पतंग उड़ा सकते हो; किताबें हैं, उन्हें पढ़ सकते हो। मगर हमारे बिना अकेले बाहर नहीं जा सकते।"

"और शैतान सिंह?" रुक्मिणी कुमार ने भौंहें सिकोड़कर पूछा।

"वह कौन है?" उमानाथ बाबू की बाईं भौंह ऊपर की ओर उठ गई।

"वही जो जेल के सींखचे तोड़कर भागा है।"

"ठीक है, मैं तुम्हें उसकी खबर ला दूँगा।" विकासबाबू ने थोड़ा

हँसते हुए आश्वासन के स्वर में कहा। रुकू को लगा थोड़ा यकीन आ गया था। अनन्त: उसने उसकी सजा के बारे में और कोई आपत्ति नहीं की और विकास बाबू का हाथ पकड़कर कमरे से बाहर निकल गया।

उमानाथ बाबू ने कहा, "आप समझ रहे हैं मेरा बेटा कुछ ज्यादा ही कल्पनाप्रवण है। खैर, अब आपके सवाल का जवाब दूँ, हमलोग जब गाँव में थे तो गणपति के बारे में काफी लोगों को पता था। वह भी एक किंवदन्ती की तरह लोगों के बीच फैल गई थी। हालाँकि यह बात मेरे जन्म से पहले की है। बाद में इसे लेकर—कोई खास चर्चा नहीं करता था। मेरा छात्र-जीवन कलकत्ता में कटा था। कॉलेज में रहते दो-एक दोस्तों को मैंने कहानी के बहाने गणेश के बारे में कहा था। उनमें एक दोस्त, हालाँकि अब उसे दोस्त नहीं कहता, इन दिनों काशी में रहता है। उसका नाम मगनलाल मेघराज है।"

"समझ गया," फेलूदा ने कहा, "उन्हें मैंने आज मछली बाबा के यहाँ देखा था।"

"पता है। मैं जिस दिन गया था उस दिन भी वह वहाँ पर था। उसका बाबाजी के यहाँ आने-जाने का एक कारण है। कुछ दिनों से उसकी तकदीर बदल गई है। हालाँकि बेहतरी की ओर नहीं। करीब दो साल पहले उसकी प्लास्टिक फैक्टरी में आग लगने से इसकी शुरुआत हुई थी। उसके बाद पिछले कई महीनों में उसके गलत धन्धों के बारे में बाजार में अफवाह उड़ गई है। फलस्वरूप उसके कलकत्ता तथा बनारस के मकानों में पुलिस के छापे पड़ चुके हैं। मेरे यहाँ आने के दो दिन बाद ही वह मुझसे मिलने आया था। उसने आकर साफ-साफ मुझसे उस गणेश को माँगा। वह कलकत्ता में मेरे पास नहीं, यहाँ मेरे पिता के बक्स में रहता था, इसे वह जानता था। वह इसके लिए मुझे चालीस हजार तक देना चाहता था। मैंने उसके मुँह पर इनकार कर दिया। वह जाते समय चेतावनी दे गया

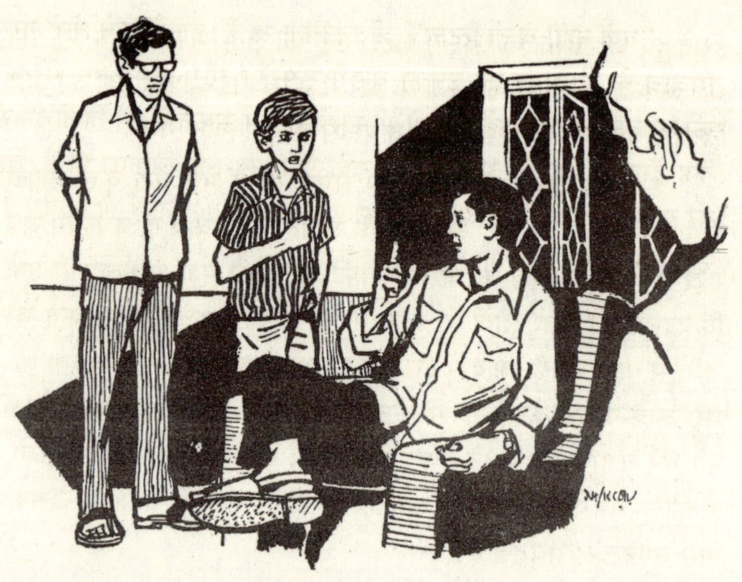

था कि वह गणेश को हासिल करके ही रहेगा। उसके ठीक पाँच दिन बाद गणेश सन्दूक से गायब हो गया।"

इतना कहकर वे चुप हो गए। फेलूदा भी चुप थे। वे चिन्तित लगे। मुझे पता था तीन महीने की छुट्टियाँ अब खत्म हो गई थीं। आनेवाले कई दिन काशी ही कर्मभूमि थी, जाँच की जगह थी। लालमोहन बाबू की भविष्यवाणी याद आ रही थी—"एक ढेले से तीन शिकार। हालाँकि यह सब पारिश्रमिक पर ही काफी कुछ निर्भर करता है—"

"हम लोगों का सौभाग्य है कि आप ऐसे मौके पर यहाँ उपस्थित हैं। आप इसे सुलझाने की जिम्मेदारी ले लें तो—"

"जरूर। मुझे क्या ऐतराज हो सकता है।" फेलूदा खड़े हो गए। "आपकी अनुमति हो तो कल सुबह एक बार आना चाहता हूँ। आपके पिता जी से बात की जा सकती है?"

"क्यों नहीं! वे तो रिटायर्ड जीवन बिता रहे हैं। हालाँकि वे थोड़े गरम मिजाज के हैं। मगर यह उनका बाहरी रूप है। और आप अगर मेरे घर की पड़ताल करना चाहें तो मुझे भी खुशी से कर सकते हैं। मैं त्रिलोचन से कह दूँगा कि आपके आने पर वह रोके नहीं। साथ ही विकास भी है, वह हर काम में आपकी मदद करेगा। आप आठ बजे तक आएँ तो अच्छा है, उस वक्त आप पिता जी को बिल्कुल तैयार पाएँगे।"

घर लौटते वक्त एक के बाद एक दो अँधेरी गलियों से गुजरते समय तीन-तीन बार किसी के पैरों की आहट पाकर मुड़कर देखने पर अपने बदन को चादर से लपेटे एक आदमी नजर आया जिसकी ओर मैंने फेलूदा का ध्यान खींचने की कोशिश की। उन्होंने सिर्फ इसकी अनदेखी ही नहीं की बल्कि रास्ते भर—'इश्क-इश्क-इश्क' फिल्म का एक रद्दी गीत भी गलत सुर में गुनगुनाते रहे।

चार

कैलकटा लॉज के रसोइये ने फाउल कढ़ी स्वादिष्ट बनाई थी। इसके अलावा रोहू मछली का कलिया भी था। खाना बढ़िया बना था। मगर लालमोहन बाबू ने खाया नहीं। बोले, "मछली बाबा को देखने के बाद अब मछली खाने का दिल नहीं करता।"

"क्यों?" फेलूदा ने पूछा, "खाते समय लगेगा कि बाबा को चबा रहे हैं? क्या आपको लगता है कि बाबा खुद मछली नहीं खाते?"

"खाते हैं क्या?"

"आपने तो सुना ही कि बाबा ज्यादातर समय पानी में ही रहते हैं। पानी में मछली के अलावा खाने के लिए और क्या मिलेगा? मछलियाँ भी मछली खाती हैं, आपको पता है?"

लालमोहन बाबू ने कुछ नहीं कहा। मुझे यकीन था कि कल से वे फिर से मछली खाने लगेंगे।

दिनभर की विभिन्न घटनाओं के बाद मैंने सोचा था कि रात में जमकर सोऊँगा। लेकिन मेरे रूम मेट जीवन बाबू ने थोड़ा विघ्न उत्पन्न कर दिया। जीवन बाबू नाटे और मोटे व्यक्ति थे जिनकी चाप दाढ़ी थी। वे तकिये पर सिर रखने के दस मिनट के अन्दर खर्राटे लेने लगते थे। वे सज्जन एक दवा कम्पनी के रिप्रेजेण्टेटिव थे। वे दो दिन हुए यहाँ आए थे, कल सुबह जानेवाले थे। फेलूदा के साथ परिचय होने के मिनट भर में ही अपना बैग खोलकर अपनी कम्पनी का नाम खुदा एक डॉटपेन फेलूदा को दे दिया। हालाँकि यह भेंट फेलूदा को अद्वितीय जासूस के रूप में जानने के कारण दी गई थी या नहीं, समझ में नहीं आया।

अगले दिन सुबह साढ़े सात बजे हम तीनों नहा-धोकर चाय-अण्डा, दाल, रोटी खाकर तैयार हो गए। बाहर निकलते समय निरंजन बाबू से भेंट हो गई। फेलूदा ने थोड़ी इधर-उधर की बातों के बाद पूछा, "आपको मगनलाल मेघराज के घर के बारे में कोई जानकारी है?"

"मेघराज? जहाँ तक मुझे पता है? शहर में उनके दो मकान हैं, दोनों ही एकदम हार्ट ऑफ काशी में हैं। एक शायद ज्ञानवापी की उत्तर दिशा की गली में है। आपके वहाँ किसी से पूछते ही वह इसे दिखा देगा। बहुत धार्मिक व्यक्ति हैं वे, इसीलिए खुद बाबा विश्वनाथ का घण्टा सुनते-सुनते रुपयों का हिसाब करते रहते हैं।"

निरंजन बाबू से एक और सूचना मिली। मछली बाबा इस शहर में और छह दिन रहनेवाले थे। इसे सुनकर फेलूदा अपनी उसी परिचित शैली में मुस्कराए, बोले कुछ नहीं।

ठीक आठ बजे हम लोग शंकरी निवास के गेट के सामने उपस्थित हुए। त्रिलोचन का चेहरा रात में ठीक से नजर नहीं आया था। आज दिन के उजाले में उसके गलपट्टों की स्टाइल देखकर प्रभावित हुए बिना रह

नहीं पाया। उम्र उसकी सत्तर से कम नहीं रही होगी मगर सीना उसका एकदम तना हुआ था। हम लोगों को देखते ही उसने हँसते हुए एक चुस्त सैल्यूट मारकर गेट खोल दिया।

गाड़ी बरामदे तक हमारे पहुँचते-पहुँचते विकास बाबू बाहर निकल आए।

"आप लोगों को मैंने अपनी खिड़की से आते हुए देखा।" उन्होंने शायद अभी-अभी अपनी दाढ़ी बनाई थी, "बाईं तरफ की जुल्फी के नीचे अभी भी साबुन लगा हुआ था। उन्होंने पूछा, "अन्दर जाइएगा? बड़े मालिक तैयार हैं। आप पहले उन्हीं से तो मिलना चाहते हैं?"

फेलूदा ने कहा, "उससे पहले मैं आपसे कुछ तथ्य जानकर नोट कर लेना चाहता हूँ।"

"ठीक है, कहिए आप क्या जानना चाहते हैं?"

विकास बाबू से पूछकर डायरी में घटनाओं की कुछ तारीखें दर्ज कर ली गईं जो इस प्रकार थीं—

1. मगनलाल उमानाथ बाबू से 10 अक्टूबर को मिलने आए।

2. उमानाथ बाबू अपनी पत्नी और बेटे सहित मछली बाबा के दर्शन के लिए 15 अक्टूबर को रात साढ़े सात बजे गए थे। साढ़े आठ के कुछ समय बाद घर लौटे थे। इसी बीच गणेश की मूर्ति चोरी हुई थी।

3. 15 अक्टूबर को रात साढ़े सात से साढ़े आठ बजे के बीच शंकरी निवास में ये लोग मौजूद थे—उमानाथ बाबू के पिता अम्बिका घोषाल, विकास सिंह, अम्बिका बाबू का नौकर बैकुंठ, एक और नौकर भारद्वाज, कामवाली सौदामिनी, रसोइया नित्यानन्द, माली लक्ष्मण, उसकी बीवी और उनका सात साल का लड़का, दरबान त्रिलोचन, मूर्तिकार शशि पाल और उनका बेटा कन्हाई तथा मूर्ति के काम में उनकी मदद करने वाला एक व्यक्ति, जिसका नाम निवारण था। इस एक घण्टा में अगर कोई बाहरी आदमी वहाँ नहीं आया हो तो समझना होगा कि इन्हीं में से किसी

न किसी ने अम्बिका बाबू के कमरे में घुसकर उसकी मेज की दराज से चाबी लेकर सन्दूक से गणेश की चोरी की होगी।

डायरी में यह सब दर्ज करके फेलूदा ने विकास बाबू से मुखातिब होकर कहा, "बुरा मत मानिएगा, इस मामले में तो सभी पर सन्देह करना पड़ता है, लिहाजा आपसे भी कुछ—"

फेलूदा की बात खत्म होने के पहले ही विकास बाबू हँसते हुए बोले, "समझ गया, इस मामले में पुलिस भी एक बार जिरह कर चुकी है। मैं उस दिन उस एक घंटे के दौरान क्या कर रहा था, इसके बारे में आप जानना चाहते हैं, यही न?"

"हाँ, मगर उससे पहले एक सवाल है।"

"जी कहिए। मगर यहाँ क्यों, मेरे कमरे में चलिए।"

घर के सामने के दरवाजे से घुसकर दाहिनी ओर दुमंजिले की ओर जानेवाली सीढ़ियाँ थीं, बाईं ओर विकास बाबू का कमरा था। उनसे बाकी बातें उन्हीं के कमरे में हुईं।

फेलूदा ने कहा, "आप गणेश की मूर्ति के बारे में पहले से ही जानते रहे होंगे।"

"काफी दिनों से जानता था।"

"मगनलाल जिस दिन उमानाथ बाबू से मिलने आए थे, उस दिन आप घर में थे?"

"हाँ, मैंने ही मगनलाल को बैठके में बिठाया था। इसके बाद भारद्वाज के जरिये दोमंजिले में मिस्टर घोषाल को खबर भिजवाई थी।"

"इसके बाद?"

"फिर मैं अपने कमरे में आ गया था।"

"दोनों में थोड़ी गर्मा-गर्मी हुई थी, यह बात आप जानते हैं?"

"नहीं। बैठक में होनेवाली बातें मेरे कमरे से सुनाई नहीं पड़तीं। इसके अलावा उस वक्त मेरे कमरे में रेडियो बज रहा था।"

"जिस दिन मूर्ति की चोरी हुई, उस दिन भी आप अपने कमरे में थे?"

"ज्यादातर समय। मिस्टर घोषाल के सपरिवार बाहर निकलते वक्त मैं उन्हें गेट तक छोड़ने गया था। वहाँ से मैं पूजा-मण्डप में गया। शशि बाबू को काम करते देखना अच्छा लगता है। उस दिन उनकी तबीयत मुझे कुछ ठीक नहीं लगी। पूछने पर बताया कि उन्हें थोड़ी हरारत थी। मैंने अपने कमरे में आकर दवा ली फिर उन्हें दे आया।"

"होम्योपैथिक दवा? आपके शेल्फ में होम्योपैथी की दो किताबें देख रहा हूँ।"

"जी हाँ, होम्योपैथिक।"

"कौन-सी दवा थी?"

'पल्सेटिला थर्टी।"

"दवा देकर अपने कमरे में चले आए थे?"

"हाँ।"

"कमरे में क्या कर रहे थे?"

"लखनऊ रेडियो से अख्तरी बाई का रेकार्ड बज रहा था, वही सुन रहा था।"

"कितनी देर तक रेडियो सुनते रहे?"

"रेडियो ऑन ही था। मैं एक पत्रिका पढ़ रहा था। इलस्ट्रेटेड वीकली।"

"इसके बाद मिस्टर घोषाल के वापस न लौटने तक बाहर नहीं निकले थे?"

"नहीं। बंगाली क्लब वाले 'काबुलीवाला' नाटक कर रहे हैं। वहाँ से मिस्टर घोषाल से मिलने के लिए दो व्यक्तियों के आने की बात थी? मिस्टर घोषाल से मुख्य अतिथि बनने का आग्रह कर रहे थे। मैं उन्हीं का इन्तजार कर रहा था।"

"वे लोग आए थे?"

"आए थे पर देर से। नौ बजे के बाद।"

फेलूदा दरवाजे से पहली मंजिल पर जानेवाली सीढ़ियाँ दिखाकर बोले, "आप जहाँ बैठे थे वहाँ से क्या ये सीढ़ियाँ नजर आ रही थीं?"

"हाँ।"

"जरा याद कीजिए। उससे होकर किसी को ऊपर जाते या नीचे आते आपने देखा था?"

"नहीं। मगर उसके अलावा भी एक और सीढ़ी है। पीछे की तरफ। जमादार की सीढ़ी। उससे होकर कोई ऊपर जाए तो मैं बता नहीं सकता।"

विकास बाबू से बातें खत्म करके हम लोग उन सज्जन को साथ लेकर दोमंजिले पर अम्बिका बाबू के कमरे में गए।

खिड़की के पास एक पुरानी आराम कुर्सी पर बैठकर बूढ़े सज्जन तल्लीन होकर स्टेट्समैन पढ़ रहे थे। पैरों की आहट पाकर अखबार को एक तरफ करके गर्दन घुमाकर सोने के चश्मे के ऊपर से भौंहें सिकोड़कर मेरी ओर देखा। उन सज्जन के सर के बीच में बाल नहीं थे, कान के दोनों तरफ बिल्कुल सफेद बाल थे, दाढ़ी बनी हुई थी, दोनों भौहों के कुछ बालों में सफेदी आ गई थी।

विकास बाबू ने हमारे साथ उनका परिचय करा दिया।

अम्बिका बाबू के मुँह खोलते ही मैं समझ गया उनके दाँत नकली थे। बात करते समय किट-किट की आवाज होती थी, लगता था कभी भी दाँत खुलकर गिर पड़ेंगे। पहले लालमोहन बाबू की ओर देखकर बोले, "आप लोग भी पुलिसवाले हैं क्या?"

लालमोहन बाबू थोड़ा भड़ककर थूक निगलते हुए बोले, "मैं? नहीं-नहीं, मैं कुछ भी नहीं हूँ।"

"कुछ भी नहीं? यह कैसा विनय हुआ?"

"नहीं। ये, मतलब, गो-गो...।"

विकास बाबू ने आगे बढ़कर उन्हें समझाया—"ये प्रदोष मित्र हैं। जाने-माने जासूस हैं। पुलिस तो कुछ भी नहीं कर पाई, इसीलिए मिस्टर घोषाल कह रहे थे—" अम्बिका बाबू ने इस बार सीधे फेलूदा की ओर देखा।

"उमा ने क्या बताया है? कहा है गणेश के चोरी हो जाने से घोषाल वंश का विनाश हो जाएगा। नॉनसेंस। उसकी उम्र कितनी है? अभी चालीस भी पूरे नहीं किए। मैं तिहत्तर साल का हो गया हूँ। घोषाल वंश का इतिहास वह मुझसे ज्यादा जानता है? उमा ने व्यवसाय में उन्नति की है, वह क्या गणेश की कृपा से? अपनी सोचने की ताकत न रहे तो गणेश क्या करेंगे? और उसे बुद्धि क्या गणेश जी ने दी है? वह बुद्धि उसे अपने खानदान की परम्परा से प्राप्त हुई है। नाइंटीन ट्वण्टी फोर में कैम्ब्रिज में मैथमेटिक्स में ट्राइपस करने जा रहा था अम्बिका घोषाल—जो तुम्हारे सामने बैठा है। मगर जाने से पहले पीठ में कारबांकल हो जाने से इस दुनिया से उठ जाने की नौबत आ गई थी। चलिए मान लेते हैं, गणेश जी ने बचा लिया लेकिन विलायत जाना तो हमेशा के लिए स्थगित हो गया, इसके लिए कौन जिम्मेदार है?... उमानाथ में व्यापारिक बुद्धि ठीक ही है पर उसे पैदा सौ साल पहले होना चाहिए था। अब तो सुन रहा हूँ वह किसी बाबा जी से दीक्षा लेने का मन बना रहा है।"

"इसका मतलब गणेश के चुरा लिए जाने से आपको कोई अफसोस नहीं है?"

अम्बिका बाबू ने चश्मा उतारकर अपनी अस्वच्छ आँखें फेलूदा पर केन्द्रित कीं।

"गणेश के गले में एक हीरा जड़ा था, जिसके बारे में उमानाथ ने कुछ बताया?"

"हाँ, बताया है।"

"उस हीरे का नाम बताया?"

"जी नहीं।"

"नहीं, उसे नहीं बताया।"

"वही तो। वह खुद नहीं जानता इसलिए नहीं बताया। वनस्पति हीरे का नाम सुना है?"

"हरे रंग का होता है क्या?"

फेलूदा की इस बात से अम्बिका बाबू थोड़े नर्म हो गए। फेलूदा से नजरें हटाते हुए बोले, "लगता है, तुम इस विषय में थोड़ी-बहुत जानकारी रखते हो। बेहद दुर्लभ हीरा है। पता है, मुझे अफसोस किस बात का है? सिर्फ महँगी वस्तु होने के कारण नहीं। महँगी तो है ही, उसके लिए कितना टैक्स भरना पड़ रहा था, यह सुनकर तुम्हारा दिमाग चकरा जाएगा। असल बात है—इट वाज ए वर्क ऑफ आर्ट। मैं फालतू तकदीर-फकदीर में यकीन नहीं करता।"

"इसी मेज की दराज में वह चाबी रखी थी?" फेलूदा ने पूछा।

अम्बिका बाबू की आराम कुर्सी से तीन-चार हाथ दूर खिड़कियों के

बीच वह मेज रखी थी। यह कमरे की दक्षिणी दिशा थी। सन्दूक उत्तर-पश्चिम कोने में रखा हुआ था। दोनों के बीच में पुराने जमाने का काफी बड़ा पलंग था, उसके ऊपर छह इंच मोटे गद्दे पर एक चटाई बिछी थी। अम्बिका बाबू ने फेलूदा की बात का जवाब न देकर उलटे खुद एक सवाल किया था।

"मैं शाम का नशा करता हूँ, उमा ने बताया है?"

"जी हाँ।"

फेलूदा ने इतनी नर्मी से कभी किसी से बात नहीं की थी। अम्बिका बाबू ने कहा, "कहा जाता है, गणेश कामना करने पर सिद्ध करते हैं। मैं अफीम सेवन करता हूँ। शाम के बाद मुझे खास होश नहीं रहता। लिहाजा सात से आठ बजे मेरे कमरे में कोई आया था कि नहीं, इस बात को पूछने का कोई नतीजा नहीं निकलेगा।"

"आप की कुर्सी इस वक्त जिस तरह रखी हुई है, शाम के वक्त क्या इसी तरह रहती है?"

"नहीं। सुबह मैं अखबार पढ़ता हूँ, इसलिए मेरे पीछे खिड़की रहती है। शाम को मुझे आसमान देखना अच्छा लगता है, इसीलिए यह खिड़की के सामने रहती है।"

"इसका मतलब मेज की ओर आपकी पीठ रहती है। इसका मतलब उस तरफ के दरवाजे से अगर कोई अन्दर आए तो उसे आप देख नहीं सकते।"

"हाँ।"

फेलूदा ने इस बार मेज की तरफ बढ़कर बड़ी सावधानी से उसके दराजों को खींचकर खोला। कोई भी आवाज नहीं हुई। बन्द करते समय भी ऐसा ही हुआ।

अब वे सन्दूक की ओर बढ़े। चौकी पर रखा उतना बड़ा सन्दूक करीब मेरे सीने तक ऊँचा था।

"पुलिस जरूर अच्छी तरह से इसकी तलाशी ले चुकी होगी।"

विकास बाबू ने कहा, "ऐसा तो किया ही था, अँगुलियों के निशानों की भी जाँच की थी, मगर कुछ मिला नहीं।"

अम्बिका बाबू के कमरे के दरवाजे से निकलने पर दाहिनी तरफ नीचे जाने की सीढ़ियाँ थीं। बाईं तरफ एक छोटा कमरा था। कमरे से दाहिनी ओर निकलकर सफेद पत्थरों का एक चौड़ा पक्का बरामदा पड़ता था। यह मकान की दक्षिणी दिशा थी। पूरब के बगीचे में नीम और इमली के पेड़ों के बीच से कुछ दूर सुबह की धूप में झिलमिलाती हुई गंगा नजर आती थी। हमारे सामने और दाईं ओर वाराणसी शहर फैला हुआ था। मैं मन्दिरों के शिखर गिनने लगा। फेलूदा ने विकास बाबू को एक सिगरेट थमाकर खुद एक सिगरेट होठों में दबाई ही थी कि तभी ठंडी हवा में ऊपर से कोई चीज चक्कर काटती हुई—आकर लालमोहन बाबू के कुर्ते पर पड़ी। लालमोहन बाबू ने फुर्ती से उसे मुट्ठी में लेकर जब खोलकर देखा तो वह कुछ खास नहीं, एक च्विंगम का रैपर निकला।

"लगता है रुक्मिणी कुमार छत पर है," फेलूदा ने कहा।

"और कहाँ रहेगा, कहिए!" विकास बाबू ने हँसते हुए कहा, "वह तो इस समय बन्दी हालत में है। इसके अलावा छत पर उसका अपना एक कमरा भी है।"

"उसे एक बार देखा जाए?"

"जरूर! इसके साथ ही चलिए पीछे की सीढ़ियाँ भी आपको दिखला दूँ।"

लोहे की ऐसी घुमावदार सीढ़ियाँ होती हैं जो मकान के बाहरी दीवार से सटी हुई ऊपर तक चली जाती हैं, मगर यह ऐसी सीढ़ी नहीं थी। यह ईंटों की बनी थी और मकान के अन्दर थी। मगर यह भी घुमावदार

सीढ़ियाँ थीं। इस पर चढ़ते समय लगता था जैसे किसी मीनार या स्मारक पर चढ़ रहे हों।

सीढ़ियों से उठने पर सामने ही छत पर बरसाती थी और बाईं तरफ छत पर जाने का दरवाजा था। कमरे के फर्श पर उँकड़ूँ होकर रुकू बैठा था। एक लाल-सफेद रंग की पेटकाटी पतंग फर्श पर रखकर घुटनों से उसे दबाकर वह उसमें डोरी बाँध रहा था। हमें आते देखकर अपना काम बन्द कर सीधा होकर बैठ गया। हम चार लोगों ने उसके छोटे-से कमरे में प्रवेश किया।

देखने से ही लगता था कि वह रुकू का खेलने का कमरा था। हालाँकि रुकू की चीजों के अलावा और भी कितनी ही चीजें कोने में ठूँसकर रखी हुई थीं। उनमें थी—दो जंग लगे पुराने सन्दूक, एक पैकिंग केस, एक फटी चटाई, तीन लालटेन, एक लुढ़का हुआ ढाकाई घड़ा, एक कोने में पुराने अखबारों और मासिक पत्रिकाओं का ढेर।

"तुम जासूस हो?"

रुकू ने फेलूदा की ओर टकटकी लगाए देखकर झट से सवाल किया। मुझे लगा कि उसका गोरा रंग धूप के कारण थोड़ा ताँबई हो गया था। उसके मुँह में च्विंगम था। वह उसके जबड़े हिलने से ही पता चल रहा था। फेलूदा ने हँसते हुए उससे पूछा, "यह खबर कैप्टन स्पार्क को कैसे मिली, क्या मैं जान सकता हूँ?"

"मेरे अस्स्टिेण्ट ने बताया है।" रुकू ने गम्भीरता से कहा। वह फिर से अपनी पतंग से उलझ गया था।

"तुम्हारा असिस्टेण्ट कौन है?" फेलूदा ने पूछा।

स्पार्क का असिस्टेण्ट छोटा रैक्सिट है, यह नहीं जानते? तुम कैसे जासूस हो?"

लालमोहन बाबू ने खँखारकर अपनी ओर हमारा ध्यान आकृष्ट

करके कहा, "खुदीराम रक्षित। कद साढ़े चार फुट। स्पार्क का दायाँ हाथ है।"

फेलूदा ने मामला समझ लेने के बाद कहा, "तुम्हारा असिस्टेण्ट कहाँ है?"

जवाब विकास बाबू ने दिया। वे कुछ असहज-सी मुसकान से बोले, "वह भूमिका फिलहाल मुझे निभानी पड़ रही है।"

"तुम्हारे पास रिवाल्वर है?" अचानक रुकू ने पूछा।

"है।" फेलूदा बोले।

"कौन-सा रिवाल्वर?"

"कोल्ट।"

"और हारपून नहीं है।"

"नहीं। हारपून नहीं है।"

"तुम पानी में शिकार नहीं करते?"

"अभी तक जरूरत नहीं पड़ी।"

"तुम्हारे पास छुरा है?"

"वह भी नहीं है। यहाँ तक कि ऐसा छुरा भी नहीं है।"

रुकू के सिर के ऊपर दीवार की खूँटी से एक खेलनेवाला छुरा लटक रहा था। इसी को कल उसकी कमर से बँधे देखा था।

"इस छुरे को मैं शैतान सिंह के पेट में घुमाकर उसकी आँतड़ियाँ निकाल दूँगा।"

"यह तो समझा," फेलूदा ने रुकू के पास फर्श पर बैठते हुए कहा, "लेकिन तुम्हारे घर की सन्दूक से जो एक शैतान सिंह सोने का गणेश चुराकर भाग गया, उसका क्या होगा?

"शैतान सिंह इस मकान में घुस ही नहीं सकता।"

"कैप्टन स्पार्क उस दिन मछली बाबा को देखने अगर गया न होता तो यह घटना घटी ही न होती, ठीक है न?"

"मछली बाबा का रंग काँगो के गंगोरिला की तरह काला है।"

"शाबाश।" लालमोहन बाबू की आवाज आई, "रुकू बाबू, तुमने 'गोरिल्ला का गोग्रास' पढ़ा है?

गंगोरिला, लालमोहन बाबू की लिखी—'गोरिल्ला का गोग्रास' के नब्बे फुट लम्बे भीमकाय राक्षस गोरिल्ले का नाम था, मैं जानता था। इस कहानी की आइडिया किंग कांग से ली गई थी, इसे लालमोहन बाबू खुद भी मानते थे। जटायु के वर्णन में गोरिल्ले का रंग किसी काले पत्थर पर अलकतरे पोतने जैसा काला था। लालमोहन कहने वाले थे, "दरअसल वह किताब मेरी ही लि..." पर फेलूदा के कड़े इशारे को देखकर अचानक रुक गए।

रुकू ने कहा, "गणेश तो एक राजा के पास है। शैतान सिंह उसे ले ही नहीं सकता। कोई नहीं ले सकता। डाकू गन्तारिया भी नहीं ले सकता।"

"फिर अक्रूर नन्दी!" जटायु ने गहरी साँस ली।

विकास बाबू ने हँसते हुए कहा, "उसकी बातों से ताल मिलाकर चलने के लिए पहले रहस्य-रोमांच सीरीज घोट लेना होगा।"

फेलूदा अभी भी फर्श पर बैठकर रुकू को नजर बचाकर देखे जा रहे थे। उनके हाव-भाव से लग रहा था कि रुकू की विचित्र बातों के भीतर से असली व्यक्ति को ढूँढ़ निकालने की कोशिश कर रहे थे। रुकू अपनी बातों के साथ ही मजे से पतंग में डोरी भी बाँधता जा रहा था। इस बार फेलूदा ने पूछा, "रुकू, तुम कहाँ के राजा की बात कर रहे हो?"

जवाब आया—"अफ्रीका।"

घोषाल भवन से चले आने के पहले हम लोगों ने एक और व्यक्ति से बात की थी। वे मूर्तिकार शशिभूषण पाल थे। शशि बाबू नारियल के कटोरे में पीला रंग लेकर अपने हाथों की बनाई कूची से कार्तिक ठाकुर के गालों को पोत रहे थे। वे सज्जन साठ-पैंसठ साल के तो रहे ही होंगे। दुबली-पतली काया थी और आँखों पर मोटे काँच का चश्मा चढ़ा हुआ था। फेलूदा के पूछने पर बोले कि वे वहाँ सोलह साल की उम्र से काम कर रहे थे। उनके पुरखे कृष्णनगर से आए थे। उनके पितामह अधर पाल ने सिपाही विद्रोह के दो साल बाद काशी में आकर अपना ठिकाना किया था। शशि बाबू वहाँ के गणेश मुहल्ले में रहते थे। वहाँ पर उनके अलावा भी कुछ और मूर्तिकारों के मकान थे। फेलूदा ने कहा, "पता चला, आपको बुखार हुआ था। अब कैसी तबीयत है?"

"जी, अब ठीक हूँ। सिंह बाबू की दवा से काफी फायदा हुआ था।"

शशि बाबू बातें करते हुए भी लगातार अपना काम किए जा रहे थे।

"आपका काम कब तक खत्म हो जाएगा?" फेलूदा ने पूछा।

"जी, परसों ही तो षष्ठी है। कल रात में ही कभी भी हो जाएगा। अब उम्र हो गई है न, इसलिए अब काम काफी सँभलकर करना पड़ता है।"

"फिर भी आपकी कूची में आज भी काफी दम है।"

"जी, आपने यह बात कही और पिछले साल यही दुर्गा-प्रतिमा को देखकर कलकत्ता के आर्ट स्कूल के एक अध्यापक ने कही थी। हुनर की कदर आजकल और कौन करता है।"

"विकास बाबू ने जिस दिन आपको दवा दी थी उसी दिन शाम को घर की पहली मंजिल के सन्दूक से एक चीज चोरी हुई थी। आपको यह बात पता है?"

शशि बाबू के हाथ की कूची क्षण भर के लिए काँप गई। लगा, उनके गले की आवाज भी कुछ काँपी थी। उन्होंने कहा, "पचास साल से

हर साल आकर एक यही काम घोषाल भवन में किए जा रहा हूँ। लेकिन पुलिस ने मुझे भी नहीं छोड़ा। मुझसे जिरह की। हाथ में कूची उठा लेने पर मुझे फिर होश नहीं रहता, मैं अपना स्नान-भोजन तक भूल जाता हूँ। आप सिंह बाबू से पूछिएगा, वे तो बीच-बीच में यहाँ आकर देखते रहते हैं। आप खोखा से पूछ लीजिए। वह भी तो आकर चुपचाप खड़े होकर मेरा काम देखता रहता है। वे ही कह दें कि मैं प्रतिमा छोड़कर एक मिनट के लिए भी कहीं जाता हूँ कि नहीं?"

शशि बाबू के साथ एक और बीस साल का लड़का काम कर रहा था। पता चला वही उनका बेटा कन्हाई था। कन्हाई को उसके पिता का एक युवा संस्करण कहा जा सकता था। उसका काम देखने पर लगता था वह अपने खानदान की परम्परा को बनाए रखेगा। कन्हाई भी गणेश की चोरी के दिन सात बजे के बाद प्रतिमा के सामने से नहीं हटा था।

विकास बाबू हमारे साथ गेट तक आए। फेलूदा ने कहा, "आपके यहाँ इस वक्त काफी लोग हैं, इसीलिए उमानाथ बाबू को परेशान नहीं किया। आप सिर्फ कह दीजिएगा कि शायद मुझे बीच-बीच में जाँच के सिलसिले में यहाँ आना पड़े। जरूरत पड़ने पर किसी से कुछ पूछना भी पड़ सकता है।"

विकास बाबू ने कहा, "मिस्टर घोषाल ने जब आपको पूरी जिम्मेदारी सौंप दी है तो आपका यह अधिकार बनता ही है।"

वहाँ से बाहर निकलते वक्त एक आवाज सुनकर फेलूदा के साथ मेरी नजर भी मकान के छत की ओर चली गई।

रुकू ने अपनी वह लाल-सफेद पतंग अभी उड़ाई ही थी। डोरी के खिंचाव से पतंग हवा काटते हुए फरफराकर उड़ रही थी। रुकू को यहाँ से

देख पाने की कोई सम्भावना नहीं थी, मगर उसके लटाई समेत दोनों हाथ बीच-बीच में छत की मुँडेर पर से झाँकते हुए दिख जाते थे।

"वह लड़का काफी अकेलापन महसूस करता है।" फेलूदा पतंग को देखते हुए बोले, "क्या वाकई ऐसा है?"

विकास बाबू ने कहा, "रुकू उमानाथ बाबू का इकलौता लड़का है। यहाँ तो फिर भी उसे एक दोस्त मिल गया है। आपने तो सुरय को देखा ही है। कलकत्ता में उसका हमउम्र दोस्त कोई नहीं है।"

पाँच

यहाँ आकर ज्यादातर समय कमरे में बैठकर बंगालियों से बातें करते हुए कभी-कभी भूल जाता था कि हम काशी में हैं। उस वक्त साइकिल, रिक्शा, टाँगा, और लोगों की भीड़ से बचते हुए मदनपुरा रोड से होकर होटल की तरफ पैदल चलते हुए फिर से काशी के मिजाज को महसूस किया। बड़े रास्ते के शोरगुल से बचाकर होटल में जाने के शॉर्टकट वाली गली में हम तीनों घुस गए। लालमोहन बाबू एक मेमने की पीठ पर छतरी से टहोका देकर बोले, "फेलूबाबू, मेरी एक खास आदत यह है कि कलकत्ता छोड़कर बाहर कहीं जाते ही उस जगह का मिजाज मुझपर हावी होने लगता है। उस बार राजस्थान जाने पर हर वक्त अपने को राजपूत ही समझता रहा। अनमना होकर सिर पर

हाथ फेरकर पगड़ी के बदले खल्वाट महसूस करके मैं तो बुरी तरह चौंक गया था।"

"यहाँ पर क्या जटा की कमी महसूस करके चौंक रहे हैं?"

"ऐसा तो नहीं, मगर घाट पर पहुँचकर एक वैरागी-वैरागी मानसिकता मुझे घेर लेती है। लेकिन जब यहाँ की ऐसी गलियों में घुसता हूँ तो लगता है कि कमर में कोई छुरा होता तो उसके हत्थे पर बीच-बीच में हाथ फेरता।"

कल के उस व्यक्ति पर मेरी नजर पड़ी थी। मुझे पता है शंकरी निवास से निकलने के कुछ देर बाद ही वह मेरे पीछे लग गया था। मगर फेलूदा के कल की उस ठंडी प्रतिक्रिया के बाद आज कुछ कहते नहीं बन रहा था। सुबह के वक्त गली से काफी लोगों का आना-जाना लगा था—कोई नहाकर लौट रहा था, कोई सौदा लेकर लौट रहा था, कुछ बूढ़े चबूतरे पर बैठकर गप लड़ा रहे थे, इधर-उधर बच्चों के झुंड हुल्लड़ मचा रहे थे—उन्हीं में पीछे घूमकर देखने पर अलीगढ़ी पैजामे पर शहरी बैंगनी चादर ओढ़े वह आदमी हमसे बीस-तीस हाथ का फासला बनाकर हमारा पीछा करता नजर आया।

लालमोहन बाबू ने कहा, "आपका यह गणेशवाला मामला मुझे तो काफी डिफिकल्ट लग रहा है।"

फेलूदा बोले, "किसी भी मामले के बारे में एक खास स्थिति में पहुँचने के पहले कहना कठिन है कि यह आसान है या नहीं। क्या आपको लगता है कि हम वैसी स्थिति में आ गए हैं?"

"क्या ऐसा नहीं है?"

"बिल्कुल नहीं।"

"लेकिन जो असली विलेन है, उसके लिए तो उसके चुराने का कोई स्कोप ही नहीं था।"

"किसे विलेन सोच रहे हैं आप?"

"क्यों, वह मेघराम या मेघलाला क्या नाम कहा, जिसे मैंने मछली बाबा के यहाँ देखा था?"

"क्या आपको लगता है कि मेघराज गणेश की चोरी करने खुद चारदीवारी फाँदकर घोषाल भवन में घुसेगा?"

"आपका कहना है कि वह किसी के जरिये कराएगा?"

"क्या यह स्वाभाविक नहीं लगता? इसके अलावा चूँकि उसने धमकी दी थी इसलिए उसी ने चोरी भी की होगी, ऐसा नहीं भी हो सकता है।"

लालमोहन बाबू कुछ देर चुप रहकर अचानक जैसे सिहरकर बोल उठे, "वैसे चौड़े कन्धे कभी देखे नहीं महाशय। पता नहीं सामने से देखने में कैसा है? उसके सिर पर एक जोड़ी सींग लगाकर बाबा विश्वनाथ की गली में छोड़ देने पर वह सींग जरूर मारेगा।"

कैलकटा लॉज में घुसते ही सामने दफ्तर पड़ता था। वहाँ मैनेजर की कुर्सी के अलावा और भी तीन कुर्सियाँ तथा एक बेंच रखी थी। निरंजन बाबू के कोई-न-कोई जान-पहचान वाले अक्सर गप्प लड़ाते नजर आते। आज कमरे में घुसने पर पाया निरंजन बाबू की विपरीत दिशा में पैंट-शर्ट पहने एक जवान व्यक्ति चाय पी रहा था, और हाथ हिलाकर निरंजन बाबू उसे कुछ समझा रहे थे। हमें घुसते देखकर मैनेजर बाबू पान चबाते हुए भरपूर मुस्कराते हुए बोले, "देखिए आ गए—ये आपके इन्तजार में बीस मिनट से बैठे हैं। आपसे परिचय करवा दूँ—सब-इन्स्पेक्टर तिवारी—और ये—"

निरंजन बाबू ने क्रम से हमारा परिचय देते हुए कहा, "घबराइए मत, हिन्दी बोलना नहीं पड़ेगा, ये मजे से बांग्ला बोल लेते हैं।"

तिवारी फेलूदा की तरफ टकटकी लगाए देख रहे थे। उनकी आँखों के कोरों में हँसी का आभास था, उधर फेलूदा की सिकुड़ी भौहोंवाली

आँखें भी लग रहा था, हँसने ही वाली हैं।

"अरे, आप तो इलाहाबाद में थे न?" फेलूदा की तनी हुई भौहें सहज हो गई थीं।

दारोगा साहेब अपने सफेद दाँत निकालकर हँसते हुए फेलूदा का हाथ पकड़कर हिलाते हुए बोले, "मैं श्योर नहीं था कि आप मुझे पहचान लेंगे।"

"पहचान मुश्किल है। आपकी वह जब्बर मूँछें अब रहीं कहाँ? यह एक-चौथाई हो गई हैं। पहले से काफी दुबले भी हो गए हैं।"

वे सज्जन फेलूदा की भाँति लम्बे और देखने में भी उन्हीं की भाँति इकहरे बदन के थे। करीब दो साल पहले इलाहाबाद में फेलूदा के एक केस के सिलसिले में जाना पड़ा था। पुलिस चक्कर में पड़ गई थी, लेकिन फेलूदा दो दिनों में उसका समाधान करके चौथे दिन कलकत्ता वापस लौट आए थे। मैं समझ गया तभी तिवारी से उनका परिचय हुआ था।

"मैं कल रात आपके आने के बाद मिस्टर घोषाल के पास गया था। तभी आपके आने और कैलकटा लॉज में रहने की बात पता चली थी।"

निरंजन बाबू ने चाय का आर्डर दे दिया था। हम तीनों वहीं बैठ गए। फेलूदा ने इत्मीनान की साँस लेकर कहा, "चलिए चिन्तामुक्त हुआ। मिस्टर घोषाल ने जब पुलिस के बारे में कहा तो मुझे थोड़ी दुश्चिन्ता हुई थी, अब आपको देखकर काफी राहत मिली है। आपसे क्लेश नहीं होगा। और हम दो लोग साथ काम करें तो शायद सुविधा ही होगी। मुझे तो काफी गोलमाल वाला केस लग रहा है। आपकी क्या राय है?"

तिवारी मुस्कराने की कोशिश करते हुए बोले, "इन फैक्ट इट इज सो गोलमाल कि मैं तो इस केस को हाथ में लेने से मना करने आया था।"

"ऐसा क्यों?"

"इस मामले में मगनलाल का हाथ है, इसीलिए मेरा यह आपसे

एडवाइज है। आप दो दिन मिस्टर घोषाल के यहाँ गए थे, इसलिए मुझे काफी चिन्ता हो रही है। आपको काफी सावधानी से रहना पड़ेगा। पूरे बनारस में उसके खुफिया और गुण्डे फैले हैं।"

हरकिशन चाय ले आया। फेलूदा ने चिन्तित होकर एक प्याला उठाते हुए कहा, "लेकिन मगनलाल का ही इस मामले में हाथ है, आप इस बारे में इतने भरोसे से कैसे कह सकते हैं?"

मिस्टर तिवारी अपनी भौहें सिकोड़कर बाएँ हाथ की उँगलियों से मेज को ठकठकाते हुए बोले, "हम लोग जिस सूत्र पर जाँच कर रहे हैं, उसमें मगनलाल को एकदम से दरकिनार नहीं किया जा सकता। उसके जैसा धूर्त व्यक्ति दूसरा नहीं है।

"आप लोगों की जाँच का सूत्र क्या है, अगर यह पता चल जाता..."

"कहता हूँ आपसे। आपसे क्या छिपाना! घोषाल भवन के सभी लोगों से क्या आप मिल चुके हैं?"

"नौकर-चाकरों को छोड़कर अमूमन सभी से मिल चुका हूँ।"

"शशि बाबू से आप मिले थे?"

"हाँ, मिला था। आज सुबह ही उनसे बात हुई थी।"

"उसके लड़के को आपने जरूर देखा होगा।"

"हाँ, वह भी तो वहाँ काम कर रहा था।"

"मगर शशि बाबू का एक और लड़का है, आपको यह बात मालूम है?"

यह बात वाकई हम लोग नहीं जानते थे।

"उसका नाम निताई है। वेरी बैड टाइप। अठारह साल की उम्र है, और इस उम्र में जितने सारे अवगुण हो सकते हैं, उसमें मौजूद हैं। हम लोगों को अभी तक कोई प्रमाण नहीं मिला है, मगर मान लीजिए, अगर वह मगनलाल के हत्थे चढ़ गया तो?"

फेलूदा ने हाथ उठाकर कहा, "समझ गया। मगनलाल निताई को प्रलोभन देगा और निताई अपने पिता को या अपने भाई को धमकाकर उनका सन्दूक खुलवाकर गणेश की चोरी करवा देगा।"

"एक्जेक्टली!" तिवारी ने कहा, "निताई के बारे में जानने के बाद से लग रहा है एक रास्ता मिल गया है। मेरी सलाह है कि आप फिलहाल खामोश रहिए। दशहरा के दिनों में बनारस में देखने लायक काफी चीजें रहती हैं, आप सब देखिए मगर घोषाल भवन में जाना थोड़ा कम कर दीजिए।"

फेलूदा ने मुस्कराकर चाय की चुस्की लेकर बात का रुख मोड़ दिया।

"आप लोग मछली बाबा के बारे में किसी जाँच की जरूरत नहीं समझते?"

तिवारी ने हाथ के प्याले को मेज पर रखकर ठहाका लगाकर कहा, "इस बीच आप लोग मछली बाबा के भी दर्शन कर आए? आपको क्या लगा?"

"जाँच की बात जब कह रहा हूँ, तब मन में जरा भी श्रद्धा पैदा नहीं हुई है, इसे तो आप समझ ही रहे होंगे।"

"यह तो आपकी अपनी बात है, मगर आपने उनके भक्तों को देखा है? आप इन्वेस्टिगेशन की बात कर रहे हैं—खुले तौर पर कुछ करने पर उनके भक्त क्या हमें जिन्दा रहने देंगे?"

यह कहकर मिस्टर तिवारी ने निरंजन बाबू की ओर जैसे ही नजर डाली कि उन्होंने हाथ जोड़ते हुए कहा, "भाई साहब, आप मेरी ओर क्या देख रहे हैं? हम लोगों की श्रद्धा का क्या मतलब?—वह श्रद्धा-व्रद्धा कुछ नहीं है—मछली हमारे एकरस जीवन में एक मामूली व्यतिक्रम है, और कुछ नहीं।"

फेलूदा ने कहा, "मिस्टर तिवारी, आप एक काम कर सकते हैं, आप हरिद्वार और इलाहाबाद से यह पता कर सकते हैं कि वहाँ पिछले कुछ महीनों में मछली बाबा नामक किसी सिद्ध पुरुष का आविर्भाव हुआ है कि नहीं?"

"वेरी गुड। ऐसा करने में क्या दिक्कत है। मैं दो दिनों में आप तक इन्फॉरमेशन पहुँचा दूँगा।"

दारोगा साहब घड़ी में समय देखकर उठकर खड़े हो गए। दरवाजे पर पहुँचकर उन्होंने फेलूदा की पीठ थपथपाकर कहा, "एक दिन चौक में हमारे थाने में तशरीफ लाइए। हम लोगों का काम कैसा चल रहा है देख जाइए। और..." गम्भीर स्वर में तिवारी ने कहा, "मैं आपसे सीरियसली कह रहा हूँ, आप जैसे चाहें हॉलीडे मनाइए मगर इस मामले में अपनों को मत लपेटिए।"

दोपहर को दाल-भात, गोभी की सब्जी, मछली-झोल और दही के साथ जलेबी खाकर हम लोग होटल से निकलकर पान की दुकान पर आए। मैंने लालमोहन बाबू को पहले पान खाते नहीं देखा था। मगर यहाँ पर सात प्रकार के मसालोंवाले चाँदी का बरक लगे पान का बड़ा बीड़ा चार अँगुलियों से मुँह में डालकर मजे से चबाते रहे। हम लोग किसी खास जगह पर जाने के लिए निकले थे कि नहीं, हमें पता नहीं, क्योंकि फेलूदा ने हमें कुछ नहीं बताया था। लालमोहन बाबू ने एक बार मेरे कान के पास अपना मुँह लाकर फुसफुसाकर कहा, "मुझे लगता है तुम्हारे भैया उसी हलवाई की दुकान पर जाकर रबड़ी खाएँगे।" मगर मैं कुछ और ही सोच रहा था, लेकिन उसे कहा नहीं। फेलूदा के पीछे-पीछे चलते हुए हम लोग होटल की उल्टी तरफ एक गली में घुसकर चलने लगे। कुछ दूर चलने के बाद मैं समझ गया कि उस तरफ एक भी बंगाली नहीं रहता था। लालमोहन बाबू ने अपनी चद्दर ठीक से लपेटते हुए कहा, "आपने

आँख, मुँह, नाक आदि के बारे में तो कहा लेकिन टेम्परेचर का जिक्र नहीं किया। इधर तो भाई, बहुत ठंड लग रही है।"

दोनों तरफ तीनमंजिले-चारमंजिले मकान खड़े थे, जिनके बीच से वह गली आड़ी-तिरछी होकर आगे चली गई थी। सूरज की रोशनी गली में शायद ही पहुँची होगी। फेलूदा ने बताया—"बनारस की गली के अधिकतर मकान डेढ़ सौ से दो सौ साल पुराने थे। रास्ते के दोनों तरफ की दीवारों पर बीच-बीच में तस्वीरें बनी हुई थीं—हाथी, घोड़े, शेर, तोता, घुड़सवार आदि। पता नहीं इन्हें किसने और कब बनाया था मगर ये अच्छे लग रहे थे। बीच-बीच में हाथ से लिखे गए हिन्दी विज्ञापन भी थे, जिनमें 'नौजवान बीड़ी' सबसे ज्यादा नजर आ रहा था।

अब तक चारों तरफ सन्नाटा छाया हुआ था, मगर अब धीरे-धीरे कानों में नए-नए शब्द पड़ने लगे थे। उनमें सबसे ज्यादा शोर तो घंटे-घड़ियालों से हो रहा था। घंटे बजने के बीच के अन्तराल को जिसने भर रखा था, वही कोलाहल था। फेलूदा का कहना था कि यह कोलाहल नामक चीज बड़े मजे की है। हजारों लोग एक जगह रहते हैं, सभी आपस में सहजता से अपनी बातें करते रहते हैं, उनमें कोई भी जोर से बातें नहीं करता, मगर कुल मिलाकर जो शब्द कानों में आ जाता था, उसी से कानों के पर्दे फटने की नौबत आ जाती है।

इसी बीच कई बार साँड़ों से सामना हुआ था। उन्हें देखकर लालमोहन बाबू हर बार कह उठते—"यह देखिए, मेघराम!" आखिरकार फेलूदा को कहना पड़ा—"मेरी तो धारणा है कि यह मेघराज की तुलना में ज्यादा निरीह और निरापद है।" लालमोहन बाबू ने कहा, "मैं तो भाई, एक जबरदस्त प्रतिद्वन्द्वी की कल्पना करके खुद को उत्साहित करने की कोशिश कर रहा था और आप बार-बार साँड़ के साथ तुलना करके उसे छोटा करते जा रहे हैं।"

आँख, कान और नाक पर एक साथ हमला करने वाला विश्वनाथ

गली की तरह और कुछ है मैं नहीं जानता। यहाँ आकर अपनी इच्छानुसार पैदल चलना मुश्किल है। भीड़ जिस तरफ ठेलती है, उसी तरफ चलना पड़ता है। हम लोग भी भीड़ के साथ चलने लगे। 'दर्शन करेंगे बाबू? बाबू, विश्वनाथ जी का दर्शन करेंगे?' पण्डों ने चारों तरफ से छेंक लिया था। फेलूदा भावहीन थे। हम तीनों ही उनकी बातों पर ध्यान न देकर यथासम्भव धक्का और अपनी जेब बचाकर सड़क की फिसलनदार जगहों से बचते हुए सावधानी से आगे बढ़ रहे थे। लालमोहन बाबू के मन में भले ही भक्ति का कितना उद्रेक हो, उनकी आँखें सोने से मढ़े मन्दिर के शिखर पर चली गई थीं। उन्होंने एक बार शिखर की ओर इशारा करके फेलूदा से कुछ जानना भी चाहा। उन्होंने जो कहा उसे मैं शोरगुल के बीच सुन नहीं पाया, मगर 'कैरेट' शब्द जरूर कानों में गया। शिखर की ओर देखते समय आसमान में चक्कर काटते दस-बारह चीलों पर नजर पड़ी। एक तरफ लाल-सफेद रंग की पतंग हवा में गोता लगाकर मन्दिर के पीछे गायब हो गई।

फेलूदा की भी नजर उस पतंग पर पड़ी थी।

हम दोनों कुछ और दूर तथा फेलूदा के पीछे-पीछे उस पतंग को देखने के लिए आगे बढ़ गए। हमें वह नजर भी आ गई। वह आसमान में डोरी के खिंचाव से ऊपर चढ़कर लहराई फिर डोरी में ढील पाकर फिर से बीच की ओर गोता लगाकर एक चारमंजिले मकान के पीछे गायब हो गई।

"मोस्ट इण्टरेस्टिंग।"

दबे गले से कहने पर भी फेलूदा के ठीक बगल में होने के कारण उनका कहा मुझे सुनाई पड़ गया।

लालमोहन बाबू ने कहा, "सिर्फ इण्टरेस्टिंग क्यों कह रहे हैं श्रीमान, मुझे तो यह डिस्टर्बिंग भी लग रहा है। मैं पतंग के बारे में नहीं कह रहा। चारों तरफ इतनी दाढ़ियाँ और जटाओं की आड़ में मेघराम के कितने जासूस घूम रहे हैं, क्या आप सोच सकते हैं? कोई आदमी भी आपकी

ओर से आँखें नहीं फेर रहा है। मैं छिपी नजरों से करीब तीन मिनट से यही चीज देख रहा हूँ।"

फेलूदा ने आसमान से अपनी आँखें बिना हटाए कहा, "दाढ़ी-मूँछ, जटा-जूट, कमण्डल और बदन भर नई खरीदी हिन्दी नामावली वाली चादर की बात कर रहे हैं न?"

"फुल मार्क्स!" जटायु उर्फ लालमोहन बाबू ने कहा।

हम लोग फिर आगे बढ़ गए। सामने ही एक साँड़ के पीछे सिन्दूर और गुड़हल से फूलों से भरी एक दुकान के बगल में वह आदमी खड़ा था। फेलूदा ने उसके सामने आकर काफी जोर से कहा, "जय हो बाबा विश्वनाथ!" मुझे हँसी आने को हुई पर मैं दबा गया।

विश्वनाथ मन्दिर की गली से हम सीधे ज्ञानवापी चले गए। यहीं पर औरंगजेब की मस्जिद है और वह काफी बड़ा खुला हुआ चबूतरा। वहाँ पहुँचने के बाद आसमान में फिर पतंग नजर नहीं आई।

उत्तर दिशा में जहाँ चबूतरा खत्म हुआ था वहाँ से सड़क पर पहुँचने के लिए सीढ़ियाँ बनी थीं। वह चबूतरा सड़क से आठ-दस हाथ ऊँचा था। फेलूदा जिस मतलब से निकले थे इसे लेकर मेरे मन में जो सन्देह था, मैंने पाया कि लालमोहन बाबू भी ठीक वही सोच रहे थे।

"श्रीमान जी, क्या आप मेघराम के यहाँ जाने की जुगाड़ में लगे हैं?"

फेलूदा बोले, "मेरा आराध्य देवता और कौन है जरा बताइए! क्राइम न रहे तो फेलू मित्तिर का रोजगार बन्द हो जाएगा, लिहाजा यहाँ के सबसे बड़े क्रिमिनल का मन्दिर एक बार बिना देखे चला जाऊँ?"

दिन के वक्त चारों तरफ शरद ऋतु की धूप और लोगों की भीड़ के कारण शायद फेलूदा की बात सुनकर मैं उस तरह नहीं सिहरा। मगर उनकी इस बात से दिल की घड़ी में जैसे किसी ने चाबी भर दी। मेरा दिल जोरों से धड़कने लगा था।

यहाँ पर शोरगुल कम था, इसीलिए लालमोहन बाबू अपना अगला सवाल धीमे स्वर में कर पाए—"आपने अपना हथियार तो साथ में ले लिया है न?"

"किस हथियार की बात कर रहे हैं? रिवाल्वर नहीं रखी है। बाकी तीन हर वक्त साथ में रहते हैं।"

लालमोहन बाबू ने जिज्ञासा-भरी नजरों से फेलूदा की ओर देखते वक्त ठोकर खाकर किसी तरह अपने को सँभाल लिया, मगर आगे कुछ नहीं कहा। उन सज्जन को जानना चाहिए था कि फेलूदा के तीन स्वाभाविक हथियार थे—दिमाग, स्नायु और मांसपेशियाँ। इन तीनों में दरअसल पहला ही असली था।

सीढ़ियों से सड़क पर उतरते ही सामने एक दर्जी की दुकान नजर आई। दुकान के सामने एक आदमी अपने पैरों से सिलाई मशीन चला रहा था। फेलूदा के पूछते ही उसने मगनलाल मेघराज का घर बताया—उस सड़क से कुछ दूर पूर्व की ओर जाते ही महावीर जी का मन्दिर पड़ेगा। उसके दो मकान बाद ही मगनलाल का घर। उस मकान के दरवाजे के दोनों तरफ हथियारबन्द पहरेदार की तस्वीर बनी हुई है।

"क्या उस तस्वीर के अलावा ऐसा कोई पहरेदार नहीं है?" फेलूदा ने पूछा।

"हाँ, है।"

सीधी सड़क थी। इस गली उस गली में घुसने का चक्कर नहीं था, इसीलिए मगनलाल का मकान ढूँढ़ने में कोई दिक्कत नहीं हुई। यहाँ पर वाकई विश्वनाथ जी के घंटे-घड़ियाल के अलावा और कोई आवाज नहीं पहुँचती थी। दोपहर का समय होने के कारण शायद गली इतनी खामोश थी। वहाँ कोई साँड़ तो नहीं ही था, यहाँ तक कि कुत्ता, बिल्ली और बकरी तक नहीं थी।

मगनलाल के मकान के दरवाजे के दोनों तरफ की दीवारों पर तलवार उठाए पहरेदारों के चित्र जरूर बने थे। लेकिन कोई जिन्दा पहरेदार नजर नहीं आया। यद्यपि दरवाजे के पल्ले एकदम खुले हुए थे। बात क्या थी? पहरेदार क्या खाना खाने चले गए थे? फेलूदा ने जोर से सूँघते हुए कहा, "मिनट भर पहले ही यहाँ खैनी झाड़ी गई है।" फिर इधर-उधर देखकर बोले, "आ जाइए! कोई टोकेगा तो कहेंगे यहाँ नए आए हैं मानमन्दिर समझकर घुस आए हैं।"

फेलूदा के पीछे-पीछे हमलोग दरवाजे से अन्दर चले गए।

सर्वनाश! यह मगनलाल का घर था या गोहालघर? अँधेरे नम आँगन में तीन गायें अपने में डूबी जुगाली कर रही थीं। हमारी ओर गर्दन मोड़कर देखने का भी उनमें कोई आग्रह नहीं था। वे गायें रात में भी वहीं रहती थीं इसके निशान चारों तरफ मौजूद थे। फेलूदा ने फुसफुसाते हुए कहा, "यह चीज यहाँ खूब कॉमन है। इन सब गली के मकानों में आँगन के अलावा और कोई खुली जगह नहीं है। मगर बिना दूध-घी के इन लोगों का काम नहीं चलता। हमारे दाएँ-बाएँ दो ऊँचे बरामदे दोनों तरफ के दरवाजों तक जाकर खत्म होते थे। दोनों के पीछे ऐसा अँधेरा छाया था कि कुछ नजर नहीं आ रहा था। अन्दाज से लगता था कि अँधेरे में ही दो-मंजिले पर जाने की सीढ़ियाँ थीं। वह मकान चारमंजिला था, जिसे हम बाहर से ही देख चुके थे। ऊपर की ओर ताकने पर लोहे की छड़ों के बीच से खुला आसमान नजर आता था। बन्दरों के उपद्रव से बचाव के लिए वे सींखचे लगाए गए थे।

अब क्या करना चाहिए, हमें सूझ नहीं रहा था। ऐसे समय दाहिने तरफ के बरामदे पर नजर पड़ी।

एक आदमी चुपके से दरवाजे के बाहर निकलकर हमारी हरकतें देख रहा था। वह प्रौढ़ व्यक्ति था, दरम्याने कद का, हरे रंग का सफेद बूटियोंवाला कुर्ता पहने हुए था। सिर पर बेल-बूटीदार सफेद कपड़े की

टोपी थी, उसकी घनी मूँछें होठों के दोनों तरफ से नीचे आकर गलमुच्छा होते-होते रह गई थीं।

अब उसने अपना मुँह खोला। आवाज सुनकर लगा काफी दिनों पुराने घिसे हुए ग्रामोफोन रिकार्ड से आवाज निकल रही है। फेलूदा की ओर देखकर उसने जो बातें कहीं, वे ये थीं—

"सेठजी, आपसे मिलना चाहते हैं।"

"कौन सेठजी?" फेलूदा ने पूछा।

"सेठ मगनलाल जी।"

"चलिए!" कहकर फेलूदा ने उस आदमी की ओर कदम बढ़ाए।

छह

"जय बाबा विश्वनाथ!"

लालमोहन बाबू की ओर देखने की हिम्मत नहीं पड़ रही थी। मगर उनकी आवाज से उनके मन के भाव मैं अच्छी तरह समझ गया।

"आपको विश्वनाथ जी पर इतना भरोसा है?"

फेलूदा अभी भी कितनी सहजता से बात कर रहे थे, मैं समझ नहीं पा रहा था।

"जय बाबा फेलूनाथ।"

"दैट्स बेटर।"

इतनी ऊँची-ऊँची पत्थर की ऐसी अँधेरी सीढ़ियाँ मैंने पहले कभी नहीं देखी थीं। जो आदगी बुलाने आया था उराके हाथ गें टार्च वार्च कुछ

नहीं था। लालमोहन बाबू को एकाधिक बार 'ब्लैकहोल' शब्द कहते सुना। छियालीस सीढ़ियाँ चढ़ने के बाद हम लोग तिमंजिले पर पहुँचे। वह आदमी इस बार सामने के दरवाजे से अन्दर चला गया। हम भी उसके पीछे-पीछे चले गए।

एक कमरा था फिर एक सँकरा बरामदा, उसके बाद एक और कमरा पार करके एक अँधेरे बरामदे से होकर कुछ दूर तक जाने के बाद एक अपेक्षाकृत नीचा दरवाजा नजर आया। उस आदमी ने एक बगल हटकर खड़े होने के बाद हमारी ओर मुड़कर दाहिने हाथ के इशारे से उसके अन्दर जाने के लिए कहा। उसने मुँह से कोई बात जरूर नहीं की। इसके बावजूद उसके मुँह से बीड़ी की महक आ रही थी।

जिस कमरे में हम घुसे वह कितना बड़ा था, तत्काल हमारी समझ में नहीं आया क्योंकि भीतर जाने के बाद रंगीन शीशों के अलावा कुछ नजर नहीं आया। मैं समझ गया वे शीशे खिड़की में लगे होने के कारण उसमें बाहर की रोशनी पड़ रही थी।

"नमस्कार, मिस्टर मित्तर!"

वह खुरदरी गम्भीर दानेदार गले की आवाज हमारे सामने से ही आई थी। अब तक आँखें अँधेरे की अभ्यस्त हो चुकी थीं। मुझे एक सफेद गद्दी नजर आई जो, हमारे सामने थोड़ी दूर पर फर्श पर बिछी हुई थी। उस पर चादर, सफेद तकिये रखे थे। एक तकिये के सहारे आड़ा होकर एक आदमी बैठा था, जिसकी पीठ का हिस्सा हम लोगों ने उस दिन मछली बाबा के भक्तों के बीच देखा था।

एक खट् की आवाज के साथ छत की बत्ती जल गई। पीतल के बड़े-से गोले में जाफरी की तरह छेद बने हुए थे। यह उस बत्ती का शेड था। उस वक्त पूरे कमरे में रोशनी के धब्बे फैल गए थे।

अब सब कुछ साफ नजर आ रहा था। मगनलाल मेघराज के भौहों के नीचे गड्ढों में धँसी आँखें, उसके नीचे छोटी-सी चपटी नाक और

उसके नीचे एक जोड़ी होठ, जिसके ऊपर का हिस्सा पतला और नीचे के भरे-भरे थे। होठों के नीचे स्थित ठुड्डी सीधे अद्धी के कुर्ते के गले तक चली गई थी। कुर्ते के बटन अगर हीरे के रहे हों तो कोई आश्चर्य की बात नहीं। इसके अलावा दस अँगुलियों की आठ अँगूठियों में चमकदार पत्थर जड़े थे, जो इस वक्त नमस्कार की भंगिमा में एक जगह इकट्ठे हो गए थे।

"आप लोग खड़े क्यों हैं, बैठ जाइए।"

यह बात साफ बांग्ला में बोली गई थी।

"इच्छा हो तो गद्दी पर बैठिए, या फिर, कुर्सियाँ भी हैं। जहाँ मन हो बैठ जाइए।"

कुर्सियाँ नीची थीं। बाद में फेलूदा ने कहा था, वे सब गुजरात की थीं। हम लोग गद्दी पर न बैठकर कुर्सियों पर ही बैठे। एक पर फेलूदा बैठे और दूसरे पर मैं और लालमोहन बाबू।

मगनलाल उसी तरह आड़े लेटे हुए बोले, "आपसे परिचय की इच्छा थी। सोचा था, आपको इन्वाइट करके ले आऊँगा। भगवान की कृपा से आप खुद ही आ गए।" फिर थोड़ा हँसकर बोले, "आप भले ही मुझे न पहचानते हों, मगर मैं आपको जानता हूँ।"

फेलूदा ने भी सौजन्यवश कहा, "मैं आपके नाम से भी परिचित हूँ।"

"नाम क्यों कह रहे हैं, बदनाम कहिए। सच बात कहिए।"

यह कहकर मगनलाल जोर से हँस पड़े, इसके साथ ही उनके पान से रंगे दाँत रोशनी में चमकने लगे। फेलूदा ने कुछ नहीं कहा। मगनलाल की नजरें अब मुझसे टकराईं।

"ये आपके ब्रदर हैं?"

"कांजिन हैं।"

"और ये? अंकल?"

मगनलाल के होठों पर मुसकान थी। वे इस वक्त जटायु को देख रहे थे।

"ये मेरे दोस्त हैं—लालमोहन गांगुली।"

"वेरी गुड! लालमोहन, मोहनलाल, मगनलाल—सब लाल, लाल-ऑ? क्या कहते हैं?"

लालमोहन बाबू ने कुछ देर से अपने घुटने हिलाते हुए, 'मैं जरा भी नर्वस नहीं हूँ।' के भाव दिखाने की कोशिश की। इस बार मगनलाल की बातें सुनते ही दोनों घुटनों को खट्-खट् की आवाज करके एक-दूसरे से सटाकर उन्होंने घुटने हिलाना बन्द कर दिया।'

इस बार बाईं हथेली को थप्पड़ की मुद्रा में तकिये के पीछे करते ही ठन्न से कॉलिंग बेल की आवाज गूँजी जिससे लालमोहन बाबू को खाँसी का दौरा पड़ गया।

मगनलाल ने पूछा, "क्या गला सूख गया है?"

बाईं तरफ देखते ही मैंने पाया कि जो आदमी हमें ऊपर तक छोड़ने आया था, वह इस वक्त दरवाजे पर आकर खड़ा था।

मगनलाल ने हुक्म दिया—"शरबत लाओ।"

अब मुझे उस कमरे में रखी चीजें साफ नजर आ रही थीं। मगनलाल के पीछे की दीवार पर देवी-देवताओं की तसवीरों की गैलरी थी। दाहिनी ओर की दीवार के सामने स्टील की दो अलमारियाँ थीं। गद्दी पर कुछ बही-खाते रखे थे। इसके साथ ही शायद एक कैश बॉक्स, लाल रंग का एक टेलीफोन, हिन्दी का एक अखबार भी पड़ा था। तकिये के बगल में चाँदी का पनडब्बा और चाँदी का एक पीकदान था।

"वेल मिस्टर मित्तिर!" मगनलाल की घूरती आँखों में अब मुस्कराहट

का लेशमात्र भी नहीं था—"आप बनारस हॉलीडे मनाने आए हैं?"

"वही तो सोचा था?"

फेलूदा भी मगनलाल की आँखों से आँख मिलाकर बात कर रहे थे।

"तो फिर आप...टाइम-वेस्ट क्यों कर रहे हैं?"

पूरा वाक्य कुछ रुक-रुककर बहुत साफ लहजे में कहा गया था।

सारनाथ देखा है आपने? रामनगर देखा है? दुर्गाबाड़ी, मानमन्दिर, हिन्दू यूनिवर्सिटी, बेनीमाधव की ध्वजा—यह सब कुछ अभी नहीं देखा, आज आप विश्वनाथजी के दरवाजे के सामने से गुजर गए, मगर दर्शन करने नहीं गए, कचौड़ी गली में मिठाई नहीं खाई...घोषालबाड़ी में आपका क्या काम? आपको पता है मेरे पास बजरा है? चैती घाट से अस्सी घाट तक घुमा दूँगा आपको, आप चले आइए, गंगा की हवाखोरी करके आपका मन-मिजाज खुश हो जाएगा।"

"आप भूल रहे हैं," फेलूदा की आवाज अभी भी स्थिर थी, बिल्कुल निष्कम्प—वे उस वक्त एकदम पेशेवर जासूस थे। "मिस्टर घोषाल ने मुझपर एक काम की जिम्मेदारी सौंपी थी। वह काम खत्म न करके घूमने-फिरने का कोई मतलब नहीं होता।"

"आपकी फीस कितनी है?"

फेलूदा यह सुनकर कुछ सेकेंड चुप रहे। उसके बाद उन्होंने, "दैट डिपेण्डस!"

"यह लीजिए।"

ताज्जुब! यह एक अकल्पनीय घटना थी। मगनलाल ने कैश बॉक्स खोलकर उसमें से सौ रुपये के नोटों का बण्डल निकालकर फेलूदा की ओर बढ़ा दिया।

फेलूदा के जबड़े कस गए।

"बिना मेहनत के मैं पारिश्रमिक नहीं लेता मिस्टर मेघराज!"

"अरे वाह!" मगनलाल ने अपने पान खाए दाँत दिखाते हुए कहा, "आप मेहनत करके क्या कीजिएगा? जहाँ पर चोरी ही नहीं हुई, वहाँ पर मिस्टर मित्तिर चोर पकड़ेंगे किस तरह?"

"चोरी नहीं हुई मतलब?" इस बार फेलूदा भी चकित हुए—"फिर वह चीज गई कहाँ?"

"उसे तो उमानाथ ने मुझे बेच दिया है। तीस हजार नकद देकर मैंने उसे खरीद लिया है।"

"यह आप क्या अनाप-सनाप बक रहे हैं?"

फेलूदा को ऐसा कहते सुनकर मेरे हाथ-पैर ठंडे हो गए। सीलिंग की बत्ती से रोशनी की डिजाइन होठ और नाक पर पड़ रही थी। मैं साफ देख रहा था उनके होठ सूखकर सफेद पड़ गए थे।

मगनलाल अपनी बात खत्म करके हँसने लगा था। फेलूदा की बात सुनते ही याद आया एक हँसी के बजते रिकार्ड से जैसे किसी ने साउण्ड बॉक्स अचानक उठा लिया हो। मगनलाल का चेहरा उस वक्त काल बैसाखी के बादलों की तरह काला पड़ गया था और दोनों आँखें जैसे कोटर से बाहर निकलकर गोली की तरह फेलूदा को बेधना चाहती थीं।

"आपको पता है अनाप-सनाप कौन कहता है? अनाप-सनाप कहता है ऊटपटाँग आदमी। मगनलाल ऐसा नहीं कहता। उमानाथ के बारे में आप क्या जानते हैं? उसके व्यवसाय के बारे में क्या जानते हैं? उमानाथ की देनदारी कितनी है आपको पता है? आपको पता है उमानाथ ने मुझे खुद बुलवाया था? पता है उमा ने खुद सन्दूक से गणपति को चुराया है? आप क्या चोर पकड़ेंगे मिस्टर मित्तिर...चोर तो आपका मुवक्किल खुद है।"

फेलूदा ने गम्भीर गले से कहा, "आप कहना क्या चाहते हैं यह मेरी समझ में नहीं आ रहा है। मगनलाल जी! अपना सामान चुराने की जरूरत

क्या है? खुद सन्दूक से निकालकर आपको देकर रुपये लेने में दिक्कत क्या थी?"

"किसके सन्दूक से? सन्दूक तो उनके पिता की है।"

"मगर गणेश तो—"

गणेश किसका है? घोषाल फैमिली का। फैमिली तीन हिस्सों में बँट गई है। बड़ा लड़का विलायत में डॉक्टर है, छोटा बेटा, उमानाथ कलकत्ता में केमिकल्स में और पिता बनारस के वकील—अब वकालत छोड़ दी है। गणपति हमेशा से ही उनके पिता के पास थी। गणपति का इन्फ्लुएंस देखना है तो उन्हें देखिए। कितना रोजगार किया है देखिए, उनका मिजाज देखिए, उनका ऐशो-आराम देखिए। उनके सन्दूक से गणपति को चुराकर उमानाथ ने मुझे बेच दिया, यह बात वे अपने पिता से कहेंगे कैसे? उनमें हिम्मत है?"

फेलूदा सोचने लगे। उन्हें क्या मगनलाल की बातों पर यकीन आ गया था?

"उमानाथ बाबू ने सन्दूक से गणेश कब निकाला?"

मगनलाल ने तकिये को अपने सीने के पास कुछ और खींच लिया।

"सुनिए—दस अक्टूबर को उमा ने मुझे बुला भेजा। उस दिन मुझसे बात हुई। मैं राजी हो गया। मेरा लक भी इधर कुछ खराब जा रहा है, शायद आपको पता हो। लेकिन अभी मुझे रुपयों की तंगी नहीं हुई है। और उस ग्रीन डायमंड की कीमत कितनी है, आपको पता है? उमा को नहीं पता। मैंने जो पैसा दिया उससे कहीं ज्यादा। एनीवे—दस अक्टूबर को बात हुई। उमा ने मुझसे दो-तीन दिन का समय माँगा। मैंने दे दिया। फिफ्टीन्थ अक्टूबर की ईवनिंग को उमा ने मुझे फिर फोन किया। उन्होंने बताया कि गणेश की मूर्ति उनके हाथों में आ गई है। मैंने उन्हें मछली बाबा के दर्शन के वक्त वहाँ बुला लिया। वे आ गए। मैं भी गया। मेरे हाथ

में बैग था, उनकी जेब में बैग था। उनके बैग में गणपति था और मेरे बैग में तीन सौ हण्ड्रेड रुपीज नोट। दर्शन भी हो गए और बैग भी बदल लिए गए। बस खत्म!"

मगनलाल अगर सच कह रहे थे तब तो कहना पड़ेगा उमानाथ बाबू ने हमें जबर्दस्त धोखा दिया था और अपनी इज्जत बचाने के लिए चोरी की एक कहानी गढ़कर फेलूदा को जाँच में लगा दिया था। हाँ, उसके साथ पुलिस को भी बेवकूफ बनाया था। इस तरह पूरा मामला फेलूदा के लिए गड़बड़ साबित होगा। फलत: उनकी फीस का भी नुकसान होगा। मगर मगनलाल ही फेलूदा के प्रति इतने कृपालु क्यों हैं?

मगर यही सवाल फेलूदा ने जब मगनलाल से किया तो मैं चौंक गया। मगनलाल ने अपनी आँखें और सिकोड़कर तनकर बैठते हुए कहा, "क्योंकि मुझे पता है कि आप बुद्धिमान हैं; कोई मामूली बुद्धि नहीं, एक्स्ट्रा ऑडिनरी बुद्धि। आप अगर और भी कुछ दिन तक जाँच करके तह तक पहुँच जाएँ तो उमानाथ के लिए भी मुश्किल होगी और मेरे लिए भी मुश्किल हो जाएगी। हमारा यह लेनदेन का मामला तो सीधा-सादा नहीं है—इसे तो आप भी समझते होंगे मिस्टर मित्तिर।"

फेलूदा खामोश थे। इस बीच हरे रंग का तीन गिलास शर्बत आ गया था। हमारे सामने की मेज पर रख दिया गया था। फेलूदा ने एक गिलास हाथ में लेकर कहा, "इसका मतलब गणेश की मूर्ति आपके ही पास है। क्या उसे एक बार दिखा सकते हैं? उसके साथ एक प्रकार का इतिहास जुड़ा हुआ है, उसे एक बार देखने की इच्छा होनी स्वाभाविक है, इसे आप भी समझ सकते हैं।"

मगनलाल ने सिर हिलाकर कहा, "वेरी सॉरी मिस्टर मित्तिर, आपको तो पता ही है। इस मकान में एक बार छापा पड़ चुका है। ऐसे में वह चीज मैं यहाँ कैसे रख सकता हूँ। मैंने उसे एक सुरक्षित जगह में भिजवा दिया है।"

फेलूदा ने जिस लापरवाही से अपनी बात कही, उसे मैंने भी नए सिरे से महसूस किया। उन्होंने कहा, "आपने भिजवा दिया, अच्छा किया, मगर आप झूठ नहीं कह रहे हैं इसे जानने के लिए भी तो मुझे अपनी जाँच चलाते रहनी पड़ेगी मगनलाल जी। अब उसमें अगर आपकी बातें सच साबित हो जाएँ तो फिर कहना ही क्या, मगर मान लीजिए, अगर ऐसा न हो तो?"

मगनलाल का निचला होंठ भद्दे ढंग से लटक गया और उसकी भौहें भी इस तरह सिकुड़ गईं कि उसकी आँखें छिप-सी गईं।

"आपको मेरी बातों पर यकीन नहीं हो रहा?"

लालमोहन बाबू ने शरबत का गिलास उठाते ही झटके से उसे ठक से रख दिया। फेलूदा ने अपने हाथ गिलास को बड़े इत्मीनान से अपने होठों से लगा लिया। एक चुस्की लेकर मगनलाल से बिना आँखें हटाए ही उन्होंने कहा, "आपने खुद ही कहा है कि मैं आपको नहीं पहचानता। ऐसे में आप कैसे यकीन करते हैं कि मैं पहली भेंट में ही आपकी बातों पर भरोसा कर लूँगा? क्या आप हर वक्त नए आदमी की बातों पर यकीन कर लेते हैं, खासकर वह आदमी जो दिन को रात बताता हो?"

मगनलाल उसी तरह फेलूदा की ओर देख रहा था। मुझे एक घड़ी की टिक-टिक की आवाज सुनाई पड़ रही थी। हालाँकि मुझे घड़ी नजर नहीं आ रही थी।

इस बार मगनलाल का दायाँ हाथ फेलूदा की ओर बढ़ा, उसमें अभी भी नोटों का वह बण्डल था।

"मिस्टर मित्तिर, ये तीन हजार रुपये हैं। आप इन्हें ले लीजिए। फिर आप आराम कीजिए, अपने कजिन और अंकल को लेकर मजे कीजिए।"

"नहीं मगनलालजी, मैं इस तरह रुपये नहीं लेता।"

"तो क्या आप जाँच करेंगे ही?"

"करनी पड़ेगी।"

"वेरी गुड।"

यह कहते-कहते उन्होंने घण्टी दबा दी। वह पहलेवाला आदमी फिर से दरवाजे पर आकर खड़ा हो गया। मगनलाल ने उसकी ओर बिना देखे ही कहा, "अर्जुन को बुलाओ, और तेरह नम्बर बक्स ले आओ, साथ में पटरा भी।"

वह चला गया, मगर क्या लाने, इसे भगवान ही जानते हैं।

मगनलाल ने इस बार मुस्कराते हुए लालमोहन बाबू की ओर देखा। लालमोहन बाबू अभी भी अपने दाएँ हाथ में शरबत का गिलास पकड़े हुए थे। हालाँकि वह गिलास अभी भी मेज पर ही रखा था।

"क्यों मोहनभोग बाबू, हमारा शर्बत पसन्द नहीं आया?"

"नहीं, नहीं, शराफत—मतलब शरबत—माने—" अब आगे जो भी कहेंगे, उनकी जबान इसी तरह क्या का क्या कह बैठेगी, शायद यह सोचकर ही लालमोहन बाबू गिलास को उठाकर एक ही साँस में सारा शर्बत पी गए।"

"आप घबराइए नहीं मोहन बाबू, इस शर्बत में जहर नहीं है।"

"नहीं, नहीं।"

"जहर को मैं बहुत खास चीज समझता हूँ।"

"ठीक कहा—जहर इज"—उन्होंने बची-खुची शर्बत हलक में उड़ेलते हुए कहा, "वेरी बैड।"

"इससे तो दूसरी चीज ज्यादा असरदार होती है।"

"दूसरी चीज?"

"वह चीज अब मैं आपको दिखाऊँगा।"

"खेख्।"

"क्या हुआ मोहनभोग बाबू?"

"जहर—मतलब मुझे झटका लग गया।"

बाहर किसी की आहट हुई।

एक विचित्र प्राणी आकर कमरे में घुसा। वह इनसान जरूर था लेकिन ऐसा इनसान मैंने पहले कभी नहीं देखा था। उसका कद पाँच फुट से ज्यादा नहीं होगा। वह इतना दुबला-पतला था कि उसके सिर से लेकर पाँव तक पूरे शरीर में नसें उभरी हुई नजर आ रही थीं। बाल सिपाहियों जैसे कटे हुए थे। उसके दोनों कान बिलकुल सीधे थे जो बाहर निकले हुए थे। आँखों की बनावट से वह नेपाली लग रहा था, मगर नाक तलवार की तरह ऊँची और नोकदार थी। एक और बात गौर करने लायक यह थी कि उसके बदन में एक भी बाल नहीं था। उसके हाथ-पैर और सीने का काफी हिस्सा यूँ ही नजर आ रहा था क्योंकि उसके बदन पर बुरी तरह फटी बिना बाँहों की बनियान और एक बैगनी रंग की गन्दी हाफपैंट थी।

उसने कमरे में घुसते ही मगनलाल की ओर मुड़कर एक सैल्यूट किया, इसके बाद हाथ को ढीला छोड़कर कमर को थोड़ा झुकाकर खड़ा रहा।

इसके बाद कमरे में एक और चीज आई। शायद यही तेरह नम्बर का बक्स होगा। उस बक्से को लादकर दो लोग ले आए थे, जिसे उन्होंने फर्श पर रख दिया। रखते वक्त एक झनाट् की आवाज से मैं समझ गया, उसके अन्दर लोहा या पीतल के सामान रखे होंगे।

और भी दो लोगों ने इस बार एक काफी बड़ा लकड़ी का पटरा लाकर हमारे पीछे के दरवाजे को बन्द करके पटरे को उसके सहारे खड़ा कर दिया।

अब मगनलाल ने फिर अपनी जबान खोली—"नाइफ थ्रोइंग क्या चीज है, पता है मिस्टर मित्तिर? सर्कस में कभी इसे देखा है?"

"देखा है।"

"मैंने सर्कस देखा है मगर नाइफ थ्रोइंग नहीं। इसी ने एक बार मुझे इसके बारे में बताया था। खड़े पटरे के आगे एक आदमी को खड़ा करके दूर से एक दूसरा आदमी एक बाद एक छुरा इस तरह फेंकता है कि वह उस आदमी को न लगकर उससे इंच भर दूर, तख्ते पर जाकर धँस जाता है। इस खेल को देखनेवालों के रोंगटे खड़े हो जाते हैं। यही खेल आज अर्जुन दिखाएगा।"

तेरह नम्बर का बक्सा खोला गया। कमरे की और भी दो बत्तियाँ जला दी गईं। बक्से में ढेर सारे छुरे भरे थे। वे सभी देखने में ठीक एक ही जैसे थे। सभी में हाथीदाँत की मूठ लगी हुई थी। सभी की डिजाइनें एक जैसी थीं।

"हरवंसपुर के राजा का प्राइवेट सर्कस था। उसी सर्कस में अर्जुन नाइफ थ्रोइंग का खेल दिखाता। अब वह मेरे प्राइवेट सर्कस में खेल दिखाता है—हा-हा-हा-हा-हा-हा।"

बक्स से गिनकर बारह छुरे निकालकर उन्हें हमारे सामने एक सफेद पत्थर की मेज पर करीने से रख दिया गया, जो देखने में किसी खुले जापानी हाथ-पंखे की तरह लगते थे।

"अंकल, आइए।"

अंकल शब्द सुनकर लालमोहन बाबू के द्वारा तीन चीजें एक साथ घटित हुईं। झटके से गिलास का बचा हुआ शर्बत—जमीन पर गिरा दिया, पेट में घूँसा लगने की तरह बैठे-बैठे सामने की ओर झुक गए और 'आँ' कहने के बजाय उनके मुँह से 'गाँ' निकल गया। बाद में उनसे पूछने पर पता चला कि 'आँ' और 'गया' को एकसाथ कहते वक्त उनके मुँह से 'गाँ' निकल गया।

अब फेलूदा का फौलाद की तरह सख्त स्वर सुनाई पड़ा—"उन्हें क्यों बुला रहे हैं?"

मगनलाल की हँसी के दौरे से उसकी कोहनी तकिये में और भी तीन इंच धँस गई।

"उन्हें नहीं बुलाऊँ तो क्या आपको बुलाऊँ मिस्टर मित्तर? आप पटरे के सामने खड़े रहेंगे तो खेल कैसे देखेंगे?...आप इस मामले में अब अपनी जबान मत खोलिए मिस्टर मित्तिर। मेरी बात पर भरोसा न करके आपने मेरा काफी अपमान किया है। आपको पता चलेगा कि चाकू के अलावा भी मेरे पास काफी हथियार हैं। दीवार पर बने उन दो छेदों की ओर देखिए। छेदों की ओर देखिए—दो छेदों से दो पिस्तौल आपकी ओर निशाना साधे हुए हैं। आप झमेला नहीं कीजिएगा तो आपका कोई नुकसान नहीं होगा, न आपके दोस्त को कोई खतरा होगा। अर्जुन का जवाब नहीं, आप खुद ही अपनी आँखों से देख लीजिए।"

उन छेदों की ओर देखने की मुझमें हिम्मत नहीं थी। लालमोहन बाबू की ओर देखने की इच्छा नहीं कर रही थी, लेकिन दबे महीन स्वर में उनकी आवाज सुनकर उनकी ओर बिना देखे रह नहीं पाया। लालमोहन बाबू कुर्सी से उठते-उठते कुछ कह रहे थे। मुझे उनके घुटने आपस में टकराने की आवाज भी साफ सुनाई पड़ रही थी।

"जिन्दा रहा तो...पप्—प्लॉट की और चि-हि-हित्ता नहीं रहेगी।"

दो लोगों ने आकर लालमोहन बाबू को दोनों तरफ से पकड़कर ले जाकर उस पटरे के सामने खड़ा कर दिया। लालमोहन बाबू ने अपनी आँखें मूँद लीं। इसके बाद मेरे पीछे की तरफ जो कुछ घटा उसे मैं देख नहीं पाया था। फेलूदा ने जरूर देखा होगा क्योंकि अगर न देखा होता तो जरूर उसे छेद से पिस्तौल की एक गोली निकलकर उनका सीना बेध चुकी होती। उस आवाज से मेरा खून सर्द हो गया। मेरी नजरें सामने मेज पर लगी थीं। उसमें से एक-एक छुरा अर्जुन उठा रहा था और उसके बाद वह छुरा लकड़ी के पटरे पर खच्च से जाकर घुस रहा था।

आखिरकार आखिरी छुरा जब उसने उठाया तो वह मेज खाली हो

गई, फिर खच्च की आवाज आई, उसके बाद अर्जुन के जोर-जोर से साँस लेने की आवाज। मगनलाल बार-बार 'बहुत अच्छा' कहकर शाबाशी देने लगे। फिर उनके चुप हो जाने के बाद अदृश्य घड़ी की टिक-टिक आवाज आने लगी। फिर विश्वनाथ मन्दिर के घंटे-घड़ियाल की आवाज भी सुनाई पड़ी।

लालमोहन बाबू दरवाजे की ओर से मुड़कर अर्जुन से हाथ मिलाकर 'थैंक यू सर' कहने के बाद अचानक बेहोश होकर—मगनलाल की गद्‌दी पर गिर पड़े जिससे वहाँ की काफी जगह उनके पसीने से भीग गई।

सात

घड़ी में दो बजनेवाले थे। आसमान में बादल छाए थे। दशाश्वमेध घाट पर उस वक्त लोग नहीं के बराबर थे। हम तीन लोग गंगा के करीब घाट की सीढ़ियों पर बैठे थे। मगनलाल के यहाँ घटी उस विभीषिका भरी घटना को घटे लगभग एक घण्टा हो चुका था। मगनलाल के किसी नौकर ने लालमोहन बाबू के चेहरे पर पानी के छींटे मारकर उनकी बेहोशी दूर की थी। उसके बाद मगनलाल ने खुद दूध में ब्रांडी मिलाकर लालमोहन बाबू को पिलाकर उन्हें चंगा करके कहा था—“अंकल, यू आर ए ब्रेव मैन।” उसके बाद से लालमोहन बाबू करीब-करीब मौन ही थे, बस एक बार फेलूदा से पूछा था कि क्या उनके सिर के सारे बाल सफेद हो गए हैं? हम दोनों ने ही उन्हें दिलासा देते हुए कहा था—कि इस बीच नए सिरे से उनका कोई भी बाल पका नहीं था।

मगनलाल के हाव-भाव से साफ हो गया था कि फेलूदा ने अगर आगे भी जाँच जारी रखी तो मरना तय था—छुरे से या गोली से। हालाँकि चलते-चलते फेलूदा ने एक कनेक्शन हासिल कर लिया था कि वे एक बार और घोषाल बाड़ी जाएँगे, क्योंकि अचानक काम से हाथ खींच लेने से उनकी इज्जत पर आँच आ जाएगी। वहाँ जाने में देर करने से कोई लाभ नहीं था, अतएव वहाँ का काम आज शाम को ही खत्म कर लेना होगा। मगनलाल ने हमें विदा करने से पहले साफ-साफ धमकाते हुए कहा था—"मिस्टर मित्तिर, आप इस बात का खयाल रखिएगा कि अगर आप अपनी हद से बाहर जाएँगे तो उसके जिम्मेदार आप ही होंगे। और आप यह भी समझ लीजिए कि हमारे आदमियों की नजर आप पर रहेगी।"

यह कहना अच्छा नहीं लग रहा था कि अभी तक फेलूदा पर मगनलाल का ही पलड़ा भारी था। इतना मुझे पता था कि प्रतिद्वन्द्वी कितना भी खतरनाक क्यों न रहा हो, अभी तक फेलूदा ही जीतते आए थे। लेकिन यह भी सच था कि मगनलाल मेघराज जैसे खतरनाक प्रतिद्वन्द्वी से फेलूदा का कभी मुकाबला नहीं हुआ था।

काफी देर तक चुपचाप गंगा की तरफ देखते हुए फेलूदा ने आखिरकार एक गहरी साँस लेकर कहा, "गणेश की मूर्ति अभी घोषालबाड़ी में ही है, इसमें कोई सन्देह नहीं। ऐसा न होता तो मगनलाल जाँच बन्द करने के लिए मुझे इतने रुपयों का ऑफर न देता। मगर सवाल उठता है, वह है कहाँ?

वह अभी तक मगनलाल के कब्जे में क्यों नहीं आई? वह उसे कब किस तरह हासिल करेगा क्या वह यही सोच रहा है? और सबसे अन्त में दो सवाल—उसे उस सन्दूक से किसने गायब किया तथा उस घर में किसको अपने साथ मिलाकर मगनलाल षड्यन्त्र कर रहा है?"

फेलूदा ने जेब से अपनी डायरी निकालकर पाँच मिनट तक उसे उलट-पलटकर देखा। मैं समझ गया कि इस बीच उसमें कुछ और नई चीजें टीप ली गई थीं। मगर वे क्या थीं मुझे पता नहीं था। मैंने देखा, लालमोहन बाबू बीच-बीच में सिहर उठते थे और रह-रहकर अपने बदन पर हाथ फेरकर देख लेते थे। उन्हें कोई चोट नहीं पहुँची थी। शायद उन्हें अभी भी इसका यकीन नहीं हो रहा था।

हम लोग जब घाट से उठे उस वक्त भी आसमान में भूरे रंग के बादल छाए हुए थे। आसमान को देखते वक्त एक लाल-सफेद डब्बू पतंग पर नजर पड़ी। फेलूदा भी उसे गौर से देख रहे थे क्योंकि सीढ़ियाँ चढ़ते हुए अचानक उनके कदम रुक गए थे।

वह पतंग जिस मकान पर उड़ रही थी उसे हम पहचानते थे। यह वही लाल मकान था जिसकी छत पर शैतान सिंह को कैप्टन स्पार्क के सामने आत्मसमर्पण करना पड़ा था। उस मकान की छत पर कौन था? शैतान सिंह न? हाँ, इसमें कोई सन्देह नहीं था। वह रुकू का दोस्त सुरय था। उसकी नजरें उस पतंग पर ही लगी हुई थीं।

इस बार वह पतंग गोते लगाकर डोरी खींचने से नीचे उतर आई। सुरय का दायाँ हाथ झटके से ऊपर की ओर उठा। जिसके फलस्वरूप एक ढेला शून्य में उछलकर पतंग के पीछे चला गया।

अब समझ में आ गया कि वह ढेला एक डोरी से बँधा हुआ था और वह डोरी सुरय के हाथ में थी।

उस डोरी को सुरय खींच रहा था जिसके कारण वह पतंग खिंचकर उसके करीब आती जा रही थी।

गोदौलिया मोड़ की एक दुकान में चाय पीकर जब हम शंकरी निवास में पहुँचे तब प्राय: चार बज रहे थे। त्रिलोचन पाण्डे ने सलाम ठोककर फाटक खोल दिया। हम लोगों के पोर्टिको में पहुँचने से पहले सुबह की भाँति विकास बाबू हमारे स्वागत से बाहर निकल आए।

"क्या समाचार है? एनी प्रोग्रेस?"

"उँह!" फेलूदा ने कहा, "दिनभर शहर ही घूमते रहे।"

"वे लोग तो सब निकले हैं।"

उमानाथ बाबू की गाड़ी नजर नहीं आई। इसके अलावा वह मकान भी कैसा खाली-खाली लग रहा था।

"सब कहाँ गए?" फेलूदा ने पूछा।

"सारनाथ! आज भी बाहर से कुछ रिश्तेदार आए हैं। दोपहर के भोजन से बाद सब लोग दो गाड़ियों में घूमने निकले हैं। लौटते-लौटते दिन ढल जाएगा।"

"रुकू भी गया है?"

"नहीं। वह सारनाथ घूम चुका है। वह अपने एक मामा के साथ 'टार्जन' देखने गया है।"

यहाँ आते समय सड़क की दीवारों पर विज्ञापन जरूर नजर आए थे। न जाने कितनी पुरानी फिल्म थी—मेरे जन्म से भी पहले की, फेलूदा के भी पैदा होने से पहले की, यहाँ तक कि लालमोहन बाबू के भी जनमने के पहले की—टार्जन द ऐप मैन।

विकास बाबू ने पूछा, "क्या मेरे कमरे में चलकर बैठेंगे?"

फेलूदा ने कहा, "मैं पहले छत पर जाना चाहता हूँ, अगर ऐतराज न हो तो?"

"जरूर, जरूर! आपके लिए इस मकान के सभी दरवाजे खुले हैं।"

सामने के दरवाजे से घुसते ही चण्डीपाठ की आवाज कानों में आई। मुझे पता था वह पूजा मण्डप से आ रही थी। लेकिन कल तो इतने जोर से पाठ नहीं हो रहा था। दाहिनी तरफ देखते ही मामला समझ में आ गया। सीढ़ियों का पिछला दरवाजा आज खुला था और वहाँ से पूजा की जगह साफ नजर आ रही थी। हम चारों ही दरवाजे की ओर बढ़ गए। दूर से नजर आ रहा था। शशि बाबू बड़े जतन से मूर्ति को पेण्ट करने में लगे हुए थे।

फेलूदा ने कहा, "कल ही शशि बाबू का काम खत्म हो जाएगा।"

"हाँ," विकास बाबू ने कहा, "उनकी तबीयत अभी पूरी तरह से ठीक नहीं हुई है। इसके बावजूद वह अपने काम में मुस्तैदी से जुटे हुए हैं।"

छत पर जाने का मतलब असल में रुकू के कमरे में जाना था, इसे मैं पहले ही समझ चुका था। उस दिन सुबह उस कमरे में धूप नहीं थी लेकिन इस वक्त पश्चिम की खिड़की से धूप आकर कमरे में फैली चीजों पर पसरी हुई थी।

मैंने सोचा था कि रुकू की अनुपस्थिति में फेलूदा शायद उस कमरे की चीजों की बारीकी से जाँच करेंगे, लेकिन तभी मगनलाल की धमकी की बात याद आ गई। शंकरी निवास में ज्यादा वक्त बिताना भी फेलूदा के लिए खतरे की बात थी। इसके अलावा ज्यादा जाँच की जरूरत भी नहीं पड़ी, क्योंकि फेलूदा जो चीज ढूँढ़ रहे थे वह कमरे में जाते ही उन्हें मिल गई।

मैंने आज ही शाम को सुरय के फन्दे में बन्दी होते उस लाल-सफेद डब्बू पतंग को देखा था। वह फर्श पर लटाई से दबी हुई रखी थी। उस पर काफी उत्पात हुआ था, यह उस पर नजर डालते ही समझ में आ गया। अब यह पतंग आसमान में उड़ने लायक नहीं रह गई थी।

फेलूदा ने जैसे ही लटाई हटाई, एक चीज पर नजर पड़ी।

पतंग के सफेद हिस्से पर नीली पेंसिल से हिन्दी में कुछ लिखा हुआ था। दो जगहों पर अलग-अलग कुछ लिखा हुआ था।

नजदीक से देखने पर मैं समझ गया बांग्ला में कुछ लिखा था शायद सुरय बांग्ला पढ़ नहीं पाता था। इसलिए रुकू को ऐसा करना पड़ा था।

एक में लिखा था—

"मैं कैद में हूँ। सब ठीक है, हा-हा। फिर शाम को। इति कैप्टन स्पार्क।"

दूसरे में लिखा था—

"टार्जन देखने जा रहा हूँ। फिर कल सुबह। इति कैप्टन स्पार्क।"

"बाप रे बाप!" लालमोहन बाबू के मुँह से निकला—"जनाब, इस लड़के की दुनिया ही कुछ और है।"

फेलूदा पतंग को यथास्थान रखकर बोले, "रहस्य-रोमांच सिरीज की दुनिया। बच्चों के दिमाग पर आप लोगों की किताबों का क्या असर पड़ता है। यह उसी का उदाहरण है।"

हम लोग रुकू के कमरे से निकलकर नीचे चले गए। विकास बाबू ने चाय बनाने के लिए पहले से ही कह रखा था, उनके कमरे में जाकर बैठते ही भारद्वाज ट्रे लेकर हाजिर हो गया।

वह कमरा काफी बड़ा था। एक तरफ खाट, दूसरी तरफ काम करनेवाली मेज के सामने कुर्सी रखी थी। इसके अलावा भी बैठने के लिए एक सोफा था। फेलूदा मेज के सामनेवाली कुर्सी पर बैठ गए, हम दोनों सोफे पर और विकास बाबू पलंग पर। बगल के बैठके की घड़ी ने मधुर आवाज में टन्न-टन्न करके चार बजने की सूचना दी। उसकी आवाज सुनते ही लग गया, खानदानी घड़ी है।

"मिस्टर घोषाल का केमिकल व्यवसाय कैसा चलता है?" फेलूदा ने पूछा।

"अच्छा ही।" विकास बाबू इस सवाल से कुछ हैरत में पड़े भी हों तो उनके हाव-भाव से पता नहीं चला—"हालाँकि बीच-बीच में हड़ताल वगैरह भी होती रहती है।"

"मगर ऐसा किस व्यवसाय में नहीं होता, कहिए।"

"हूँ।"

फेलूदा अचानक हाथ के कप को रखकर उठते हुए बोले, "क्या एक बार बैठकखाने में जा सकता हूँ?"

"जरूर।"

हम चारों ही चाय पीना छोड़कर बैठके में पहुँचे। विकास बाबू के कमरे से बैठक में जाने का कोई दरवाजा नहीं था। वहाँ जाने के लिए पहले एक बरामदा पार करना पड़ता था।

"उस दिन मगनलाल और उमानाथ बाबू कहाँ बैठे थे मुझे बता सकते हैं?"

विकास बाबू ने आमने-सामने पड़े दो सोफे दिखा दिए।

"उधर कोई कमरा है या एक और बरामदा है?"

हम लोग जिस बरामदे से घुसे थे वह पूरब की ओर था। फेलूदा ने दक्षिण दिशा के दो पर्दा पड़े दरवाजों की ओर इशारा करके यह सवाल पूछा।

उधर दोनों दरवाजों से जुड़े दो कमरे हैं। एक में बड़े मालिक का दफ्तर था, दूसरे में मुवक्किल लोग बैठे इन्तजार करते थे।

हम लोग दोनों कमरों के भीतर घुसकर मिनट भर ठहरकर फिर से

विकास बाबू के कमरे में लौट आए। अब फेलूदा ने पूछा, "गणेश की मूर्ति कलकत्ता में रखी रहती थी या यहाँ पर?"

"यहीं पर।" विकास बाबू ने जवाब दिया—"उसके खो जाने से मिस्टर घोषाल को जितनी तकलीफ हुई है उससे ज्यादा तकलीफ उनके पिता को हुई है। उन्हें खुश रखने के लिए ही मिस्टर घोषाल यह सब कर रहे हैं।"

फेलूदा ने इस बीच विकास बाबू की मेज पर रखे ट्रांजिस्टर को उठा लिया था। मझोले आकार का मरफी रेडियो था, चमड़े के डिब्बे से ढका हुआ। फेलूदा ने उसकी घुण्डी घुमाई मगर स्विच से कोई आवाज नहीं आई। उसके बाद उसे उल्टी तरफ घुमाते ही खट् की आवाज सुनकर फेलूदा की भौहें सिकुड़ गईं।

"अरे, आपका रेडियो तो खुला था।"

"मुझे तो पता ही नहीं।"

विकास बाबू के चेहरे के भाव इस तरह बदल गए कि उसे बता पाना मेरे लिए मुश्किल है। सिर्फ इतना स्पष्ट याद है कि विकास बाबू पलंग की मसहरी के डण्डे से टेक लगाने जा रहे थे, तभी उस स्विच की आवाज सुनते ही वे झट से तनकर बैठ गए।

इस बीच फेलूदा ने रेडियो के पीछे बैटरी लगाने का दरवाजा खोल दिया था। मैंने नजर बचाकर देखा कि विकास बाबू ने घूँट निगली। रेडियो के भीतर से तीन बैटरियाँ निकल आईं।

"आपकी बैटरी तो लीक कर गई है," फेलूदा ने कहा, "लगता है कुछ दिन पहले ही शायद बैटरी खत्म हो गई है।"

विकास बाबू चुप रहे।

"आप रेडियो सुनते जरूर हैं मगर पिछले कई दिनों से इसे सुना नहीं। आखिर क्यों?"

इस बार भी विकास बाबू मौन रहे।

"अगर आपके पास कहने को कुछ नहीं हो तो मुझे ही कहने दीजिए।" फेलूदा के स्वर में इस बार मुझे वही जाना-पहचाना पैनापन सुनाई पड़ा। वे कह रहे थे—"उस दिन मगनलाल की बातें सुनने का लोभ आप सँभाल नहीं पाए थे, ठीक कह रहा हूँ न? रेडियो की आवाज कम करके आप दक्षिण दिशावाले बरामदे में दबे कदमों से चले गए थे। दरवाजे के पास ओट में खड़े होकर आपने बैठकखाने में होनेवाली बातें सुनी थीं। आपको पता था कि मगनलाल मिस्टर घोषाल को धमका गए हैं। आपको पता था कि मगनलाल ने उस गणेश के लिए मिस्टर घोषाल को तीस हजार रुपयों की पेशकश की थी। क्या ऐसी बात नहीं है?"

विकास बाबू का सिर झुक गया था। उसी हालत में उन्होंने स्वीकार में सिर हिलाया।

"अब एक और सवाल का जरा सही जवाब दीजिए।" फेलूदा बैटरियों को मेज के नीचे रखी रद्दी की टोकरी में फेंकते हुए खड़े हो गए। उन्होंने कहा, "जिस दिन अम्बिका बाबू के कमरे के सन्दूक से गणेश की मूर्ति चोरी हुई थी, अर्थात पन्द्रह अक्टूबर को, उस दिन आप शाम साढ़े सात बजे से साढ़े आठ बजे तक क्या कर रहे थे? आप रेडियो नहीं सुन रहे थे। क्योंकि रेडियो उसके पाँच दिन पहले ही—"

"बताता हूँ, मुझे कहने दीजिए!" विकास बाबू जैसे बड़ी लाचारी में बोले, फेलूदा चुप होकर खड़े-खड़े विकास बाबू को देखने लगे। विकास बाबू एक लम्बी साँस लेकर इस तरह कहने लगे जैसे उन्हें कहते हुए बड़ी तकलीफ हो रही हो—"उस दिन मगनलाल की धमकी सुनने के बाद से ही मेरे मन में जबर्दस्त कुतूहल पैदा हो गया था। रोज ही लगता कि एक बार सन्दूक खोलकर देख लूँ वह मूर्ति उसमें अभी

भी है या नहीं। लेकिन वह मौका उस दिन हाथ आया जब मिस्टर घोषाल मछली बाबा के दर्शनों को गए थे। उनके जाने के तुरन्त बाद मैं अम्बिका बाबू के कमरे में चला गया। वहाँ ड्राअर से चाबी निकालकर सन्दूक खोल लिया।"

"फिर?"

फेलूदा को यह सवाल इसलिए करना पड़ा क्योंकि विकास बाबू कहते-कहते रुक गए थे।

"सन्दूक खोलने के बाद आपने क्या देखा?"

विकास बाबू ने उतरे चेहरे से फेलूदा की तरफ देखते हुए कहा, "मैंने देखा, सन्दूक में गणेश की मूर्ति नहीं थी।"

"गणेश की मूर्ति नहीं थी?" अविश्वास से फेलूदा की भौहें कुछ ज्यादा ही सिकुड़ गईं।

विकास बाबू ने कहा, "मुझे पता है कि आपको जरूर यकीन नहीं आएगा। मगर मैं कसम खाकर कहता हूँ कि उस दिन मेरे सन्दूक खोलने के पहले ही किसी ने उस मूर्ति को चुरा लिया था। मैंने अब तक यह बात क्यों आपको नहीं बताई, उसका कारण आप जरूर समझते होंगे मिस्टर मित्तिर। सच कहूँ तो मैं जिस विचित्र मानसिक स्थिति में रह रहा हूँ उसे मैं आपको बताकर समझा नहीं सकता।"

फेलूदा ने फिर से अपनी चाय का प्याला उठा लिया।

"उस सन्दूक को क्या अक्सर खोला जाता है?" फेलूदा ने पूछा।

"बिल्कुल नहीं। जहाँ तक मुझे पता है उमानाथ बाबू के यहाँ आने के अगले दिन ही वह सन्दूक खुला था, पुराने दस्तावेजों को लेकर पिता-पुत्र को कुछ बातें करनी थीं। इसके अलावा, मेरी जानकारी के अनुसार आगे भी कभी एक दिन के लिए वह खोला नहीं गया था।"

फेलूदा चुपचाप बैठे थे। विकास बाबू की हालत काफी शोचनीय

लग रही थी। करीब दो मिनट इस तरह मौन रहने के बाद उन सज्जन से चुप नहीं रहा गया। वे बोले, "आपको क्या मेरी बातों पर यकीन नहीं आया मिस्टर मित्तिर?"

फेलूदा की आवाज इस बार पूरी तरह रूखी थी।

"आई एम सॉरी मिस्टर सिंह। मगर जो लोग पहली बार में सच नहीं बोलते, उन पर से सन्देह सहज में ही मिटाया नहीं जा सकता।"

आठ

अगले दिन सुबह उठकर देखा, आसमान में बादल छाए थे। बूँदाबाँदी हो रही थी। सड़क की हालत देखकर लगता था रातभर इसी तरह पानी बरसता रहा था। मैं सुबह साढ़े छह बजे उठा था। लालमोहन बाबू उस वक्त भी बिस्तर में पड़े उठूँ कि नहीं उठूँ, सोच रहे थे। चार नम्बर का बिस्तर खाली था क्योंकि वह मेडिकल रिप्रेजेंटेटिव कल रात को ही चला गया था। फेलूदा कब जगकर उठ गए थे मुझे पता नहीं चला। पहले सोचा वे कहीं निकले होंगे, इसके बाद बरामदे में निकलकर देखा एक कोने में कुर्सी पर बैठकर टाँग उठाए अपनी नोटबुक पलट रहे थे। उनके पंजे बारिश में भीग रहे थे। इसका उन्हें खयाल ही नहीं था। बगल में एक तिपाई वाली मेज पर एक खाली प्याला तथा चारमीनार का खुला पैकेट था। साथ ही पत्थर की एक छोटी

कटोरी भी थी जिसे वे 'एशट्रे' की तरह इस्तेमाल कर रहे थे। बरसते पानी में भी गंगा नहाने वाले लोगों की कमी नहीं रहती, इसे सड़क पर देखते ही समझ में आ सकता था। साथ ही शोर भी अन्य दिनों से कम नहीं था। मगर मुझे पता था कि ऐसे शोरगुल में भी फेलूदा के चिन्तन में कोई बाधा नहीं पहुँचती थी। एक बार उनसे पूछने पर उन्होंने कहा था, "अगर कोई किसी गहरे चिन्तन में डूबा हो तो आसपास के शोरगुल का उसे पता तक नहीं चलेगा। लिहाजा तू जिसे डिस्टरबेंस सोच रहा है, वह मेरे लिए कतई डिस्टरबेंस नहीं है।"

लालमोहन बाबू पौने सात बजे बिस्तर से उठकर बोले, "मैंने सपने में देखा मेरे पूरे शरीर में छुरे धँसे हुए हैं। और मैं उसी हालत में रहस्य- रोमांच सिरीज के दफ्तर में उपन्यास का प्रूफ लेने चला गया था। मुझे देखकर प्रकाशक हेमबाबू कह रहे थे—'अब आप अपना नाम जटायु से बदलकर साही कर लीजिए। देखिएगा, किताबों की बिक्री बढ़ जाएगी।'

हम दोनों जब मुँह-हाथ धोकर चाय पी रहे थे, इस वक्त फेलूदा ने बराण्डे से कमरे में आते हुए कहा, "लालमोहन बाबू, आपकी किसी भी किताब में पतंग की सहायता से सन्देश भेजने की कोई घटना है?"

लालमोहन बाबू ने अफसोस से कहा, "नहीं जनाब, होता तो मुझे खुशी होती।"

"यह आइडिया जहाँ तक याद पड़ता है निशाचर की किताब से लिया गया है। शायद उस किताब का नाम है—'आदमी का रक्त-मांस'।"

"निशाचर कौन है?"

"यह क्षितिश हालदार का छद्मनाम है। रहस्य-रोमांच सिरीज के ही एक और लेखक। हाँ, जरा एक से दस के बीच का कोई नम्बर कहिए तो?"

"सात।"

"हूँ...। सत्तर प्रतिशत लोग यह नम्बर ही कहते हैं।"

"वाकई?"

"और एक से पाँच के बीच पूछने पर कहेंगे तीन। और उनसे किसी फूल का नाम पूछा जाए तो वे कहेंगे—गुलाब।"

साढ़े आठ बजे होटल के नौकर हरकिशन ने आकर खबर दी कि फेलूदा के लिए फोन आया है। यह सुनकर मैं हैरान हुआ। इतनी सुबह किसका फोन होगा? एक बार फेलूदा के साथ नीचे जाने की बात सोची, मगर एक तरफ की बात सुनकर कुछ खास समझ में नहीं आएगा, यह सोचकर धैर्य से ऊपर ही बैठा रहा। पाँच मिनट में ही फेलूदा ने लौटकर कहा, "तिवारी का फोन था। प्रयाग और हरिद्वार में पिछले कुछ महीनों में किसी भी नए नामी बाबाजी का प्रादुर्भाव नहीं हुआ है। नो मछली बाबा, नथिंग।"

"सँभालो अब! तो क्या ये फोर ट्वण्टी हैं?" लालमोहन बाबू ने कहा।

"ऐसे तो ढेरों बाबाजी हैं लालमोहन बाबू! लिहाजा उसके लिए इनकी अलग से भर्त्सना करने की कुछ जरूरत नहीं। इस धोखाधड़ी के पीछे और भी कुछ गहरा षड्यन्त्र छिपा है कि नहीं, सवाल यह है।"

"जनाब, आप क्या अब जोड़ा जाँच में अपने को लपेट रहे हैं?"

"क्या आपको पता है इसके दो माने हैं? एक का अर्थ है दुगुना और दूसरे का मतलब है एक-दूसरे से जुड़ा होना। इस क्षेत्र में जोड़ा का क्या अर्थ निकला है। मैं ठीक से बता नहीं सकता।"

"तिवारी ने और कुछ नहीं कहा।" मुझसे पूछे बिना नहीं रहा गया। फेलूदा ने प्राय: करीब चार मिनट तक टेलीफोन में बातें की थीं,

मगर यहाँ आकर हमसे जो बताया वह एक मिनट से ज्यादा की बात नहीं थी।

फेलूदा चित्त होकर बिस्तर पर लेट गए। बोले, "रायबरेली जेल से करीब तीन हफ्ते पहले एक जालसाज भाग गया है। अभी तक उसका पता नहीं चला है। उसका चेहरा मछली बाबा से काफी मिलता था, हालाँकि उसके दाढ़ी-मूँछें नहीं थीं, न ही वह इतना काला था।"

"जनाब, यह तो मेकअप का मामला है।" लालमोहन बाबू ने कहा, "एक बार दिन के वक्त जाकर उन्हें नजदीक से अच्छी तरह देखने से काम नहीं चलेगा? घाट पर बैठे रहकर भी काम हो सकता है। बाबा घाट पर तो जरूर जाते होंगे।"

ऐसा कुछ नहीं है। वे सिर्फ शाम को दर्शन देते हैं। बाकी समय दरवाजा बन्द करके अपने कमरे में रहते हैं। वहाँ पर अभय चक्रवर्ती के अलावा और कोई नहीं जा सकता। खाना-पीना वगैरह तब उसी कमरे में—और नहाना तो माइनस समझो।"

हम दोनों हैरान हो गए। बाबाजी नहाते नहीं?

"ये बातें आपको तिवारी ने बताईं?" लालमोहन बाबू ने पूछा।

"तुम्हारे साथ इतनी देर तक बातें हुईं?" मैंने भी टीप जड़ी। फेलूदा मेरी ओर देखकर धीरे-धीरे तीन बार सिर हिलाते हुए बोले, "पर्यवेक्षण-परीक्षा में फेल। तू बराण्डे में गया मगर यह नहीं देखा कि मेरा गीला कुर्ता और पैजामा रस्सी में झूल रहा था? क्या कभी कमरे में बैठकर कपड़ा भीगते सुना है?"

मैं मुँह बनाकर बैठा रहा।

फेलूदा ने इस बार जो बताया वह इस प्रकार था—फेलूदा चार बजे उठकर साढ़े चार से पहले केदारघाट पहुँचकर अभय चक्रवर्ती के इन्तजार

में बैठ गए थे। आखिरकार उनसे भेंट हुई और उनसे परिचय भी हुआ। एकदम अपनी मिट्टी का आदमी। नहीं, मिट्टी कहना गलत होगा, मोम का आदमी। गलते ही रहते हैं। मुझे भी गलने का अभिनय करना पड़ा। बूढ़े आदमी से छल करना ठीक नहीं लग रहा था, मगर इन सब मामलों में जासूसों को थोड़ा कठोर होना पड़ता है। उन्हीं से बाबाजी के हैरिटेज का पता चला। उनके न नहाने की बात सुनकर शायद अनजाने में ही मेरी नाक सिकुड़ गई थी। यह देखकर उन्होंने कहा, "मन में जब कोई गन्दगी नहीं है तो दस दिनों तक शरीर पर पानी की एक बूँद न भी पड़े तो हर्ज क्या है? वे पानी के ही तो मनुष्य हैं, पानी से ही तो बाहर निकलते हैं, फिर अगली बार पानी में ही लौट जाएँगे।" उनकी देह से मछली-जैसी बू आती है कि नहीं, यह बात इच्छा होते हुए भी नहीं पूछीं। इनका एक चेला सुना है एक बार रोज सुबह आता है—वह मछली की शल्कें दे जाता है, जो शाम को बँटते हैं। अभय बाबू के घाट से लौट जाने के बाद भी मैं कुछ देर वहाँ बैठा था। एक पण्डा वहाँ पर अपनी छतरी के नीचे बैठा हुआ था। उसका नाम लोकनाथ था। उस दिन की घटना उसने देखी थी हालाँकि प्रारम्भिक कुछ समय वह वहाँ नहीं था। वह जब पहुँचा था तब बाबाजी को होश आ गया था। पण्डे को वहाँ देखकर उसे उसके नाम से बुलाकर उससे काफी बातें की थीं। बाबाजी अगर फोर ट्वण्टी रहे भी हैं, मगर उनका एक दोस्त मैनेजर भी था, इसमें कोई शक नहीं था।

"क्या वे अभय चक्रवर्ती नहीं थे?" लालमोहन बाबू ने पूछा।

"नहीं। अभय चक्रवर्ती महाशय बिल्कुल खाँटी सज्जन व्यक्ति हैं। मैंने उनके मन में संशय घुसाने की कोशिश की थी। कहा, "प्रयाग से काशी तैरकर आना क्या नामुमकिन जैसा नहीं लगता?" उन्होंने जवाब दिया था—"साधना से क्या नहीं हो सकता बेटा। इस विश्वास के बलबूते ही इस मशीनी जमाने में भी काशी आज भी काशी है। देख लेना, चाँद की

धरती के नीचे लोगों के रहने की जगह बनने के बावजूद काशी, काशी ही रहेगी।"

साढ़े चार के करीब बरसात बन्द होकर आसमान साफ हो गया। पाँच बजे हम तीनों होटल से बाहर निकले। फेलूदा आज बिल्कुल टूरिस्ट लग रहे थे, क्योंकि उनके कन्धे से कैमरा लटक रहा था। पिछले दो दिनों से यह उनकी अटैची में बन्द था। फेलूदा और लालमोहन बाबू दोनों की इच्छा आज कचौड़ी गली में जाकर हनुमान हलवाई की दुकान पर रबड़ी खाने की थी। मेरी भी यही इच्छा थी मगर इसे बताने की जरूरत नहीं।

विश्वनाथ मन्दिर के पास ही कचौड़ी गली थी। इतने सालों बाद भी फेलूदा को अपनी परिचित दुकान ढूँढ़ने में दिक्कत नहीं हुई। दुकान के सामने बेंचें बिछी हुई थीं, वहाँ बैठकर मिट्टी के कसोरे से रबड़ी खाते हुए जैसे ही यह बात कही—"रबड़ी का आविष्कार टेलीफोन-टेलीग्राफ के आविष्कार से किस माने में कम है जनाब।..."

तभी मेरी नजर कलवाले उस आदमी पर पड़ी जो वहाँ से बीस-तीस हाथ दूर एक दुकान की बगल में हमारी तरफ पीठ किए खड़ा होकर किसी और व्यक्ति से कुछ कह रहा था। मगनलाल की चेतावनी को मैं बीच-बीच में भुलाने की कोशिश करता था, फेलूदा अगर उसकी चेतावनी की उपेक्षा करके अपने मन की कुछ कर बैठें तो ऐसी दिशा में हमारे साथ क्या बुरा घट सकता था। उसे भी न सोचने की चेष्टा करता था मगर वह लटकी मूँछों वाला आदमी मुझे भूलने नहीं देता था। खैर, वहाँ की रबड़ी इतनी अच्छी थी कि मगनलाल का चेहरा याद आने के बावजूद मुँह का जायका बिगड़ा नहीं।

फेलूदा की जो मानसिक हालत थी उसमें वे ज्यादा देर तक उस भीड़ भरी गली में ठहर नहीं पाएँगे, इसे मैं पहले ही जानता था। कचौड़ी

गली से निकलकर मदनपुरा वाली सड़क से होते हुए गोदौलिया चौराहा पार करके हम लोग बंगाली टोली की तरफ पैदल चल रहे थे। दो दिन घूमने से ही इधर की सड़कें जानी-पहचानी हो गई थीं। हम खरामा-खरामा आगे बढ़ रहे थे, फेलूदा की नजरें चारों ओर थीं, दो-एक बार कैमरे का शटर दबने की आवाज भी आई...। मैं बीच-बीच में मुड़कर देख लेता था, कि वह आदमी अभी भी हमारी पीछा कर रहा था कि नहीं। मगर मुख्य सड़क पर आ जाने के बाद से उसकी शक्ल नहीं दिखी। आखिरकार फेलूदा को मजबूरन कहना ही पड़ा—"तुझे क्या ऐसा लगता है कि मगनलाल ने हम पर नजर रखने के लिए सिर्फ एक व्यक्ति को ही लगा रखा है?"

इसके बाद फिर मैंने पीछे मुड़कर नहीं देखा।

सामने वही अलमूनियम के बर्तनों की दुकान नजर आई। अभय चक्रवर्ती के घर जाने के लिए अब हमें बाईं ओर वाले मोड़ से मुड़ना था।

"मिस्टर मित्तिर! प्रदोष बाबू।"

पीछे से किसी ने बुलाया। हम तीनों ही रुक गए। स्वर अपरिचित था। हमें दो सज्जन नजर आए, उनकी उम्र ज्यादा नहीं थी, उनमें से एक की आँखों पर चश्मा था और होठों पर मुस्कराहट। शायद उन्होंने ही पुकारा था।

वे सज्जन बोले, "आपसे मिलने आपके होटल में गया था।"

"कोई काम है क्या?" फेलूदा ने पूछा।

"हम लोग बंगाली क्लब की तरफ से आए हैं। मेरा नाम संजय राय है, और ये गोकुल चटर्जी हैं। हमारा निवेदन है कि वहाँ आपको आना ही होगा। आप तीनों को। हम लोगों के क्लब में परसों सप्तमी को थियेटर भी होगा।"

"काबुलीवाला?"

"आपको पता है?" वे दोनों हैरान होने के बावज़ूद खुश हुए।

"आप लोग मिस्टर घोषाल को दावत देने गए थे न?"

"अरे बाबा, आप तो लगता है सब जानते हैं, हैं-हैं।"

"ये तो जानेंगे ही।" दूसरे सज्जन ठंड से गला खराब होने के बावजूद हँसते हुए बोले।

जासूस के रूप में फेलूदा की ख्याति बंगाली क्लब में भी पहुँच गई थी।

"आप लोगों का निमन्त्रण पत्र निरंजन बाबू के पास छोड़ आए हैं। काइण्डली आइएगा जरूर। हम सभी आपका बेसब्री से इन्तजार करेंगे।"

"अगर किसी दूसरे जरूरी काम में उलझ न गए तो जरूर आएँगे।"

"उलझने का मतलब क्या आप यहाँ पर भी कोई...?"

संजय राय और गोकुल चटर्जी के चेहरे थोड़ा आगे की ओर बढ़ गए। ऐसी हालत में जब भी फेलूदा पड़ते हैं वे एक खास किस्म से हँसते हैं, जिसके तीन प्रकार के मतलब निकलते हैं—हाँ, ना या हो सकता है। यहाँ भी उन्होंने यही किया। उस हँसी का अर्थ न समझने पर मूर्ख बनना पड़ता है, इसीलिए संजय राय और गोकुल चटर्जी दोनों ही 'समझ गए' प्रकार की हँसी प्रकट करके एक बार 'काबुलीवाला' देखने का अनुरोध करके चले गए।

सड़कों और दुकानों की बत्तियाँ जल गई थीं। आसमान का रंग रायल ब्लू से पर्मानेण्ट ब्लू ब्लैक के पाले में जा रहा था। कीर्तिराय छोटूराम की पान की दुकान पर अभी-अभी ट्रांजिस्टर ऑन होने पर लता मंगेशकर ने रिक्शेवालों के शोरगुल से प्रतियोगिता करनी शुरू कर दी थी। ऐसे समय फेलूदा ने घोषणा की कि अचानक उनके मन में भक्तिभाव जग गया है, वे एक बार मछली बाबा का दर्शन करना चाहते हैं।

टेलीफोटो लेंस के जरिये थ्री पाइण्ट फाइव हाफ सेकेंड का

एक्सपोजर देकर फेलूदा ने भक्तों की भीड़ के पीछे मेरे कन्धे पर कैमरा रखकर 'इसी तरह स्टैचू बनकर खड़ा रह' कहकर मछली बाबा की एक फोटो खींची। आज भक्तों की भीड़ उस दिन से भी ज्यादा थी। बाबाजी अब यहाँ पाँच दिन से ज्यादा रुकनेवाले नहीं थे शायद इसीलिए इधर भक्तों की भीड़ में बढ़ोतरी होने लगी थी। मुझे वहाँ मगनलाल नजर नहीं आया। शायद वह अभी तक न आया हो या रोज न आता हो। हम लोग कुछ क्षण और ठहरकर फिर वहाँ से चले आए।

दाईं ओर मुड़कर एक नई गली से गुजरते वक्त सामने एक काले साँड़ को बीच रास्ते में खड़े देखकर लालमोहन बाबू हल्का-सा गला फाड़कर चुप हो गए।

"क्या हुआ?" फेलूदा ने पूछा।

"उसकी हाइट क्या होगी, जरा बताइए।"

"क्यों?"

"एथिनियम इन्स्टीट्यूशन में मैंने ऊँचे कूद में रिकार्ड बनाया था। उसके बाद एक डेंगू के कारण बाएँ घुटना..."

"मेरे साथ चलिए।"

फेलूदा ने आगे बढ़कर उसकी पसली को धीरे से थपथपाया। वह साँड़ अपने खुरों की आवाज करके एक तरफ हट गया, जिससे हम तीनों मजे से उसके बगल से होकर गुजर गए।

"हम लोग इस वक्त कहाँ जा रहे हैं?" करीब पाँच मिनट तक विभिन्न गलियों से गुजरने के बाद लालमोहन बाबू ने पूछा।

"पता नहीं।"

मेरी और लालमोहन बाबू की आँखें टकराईं। हर समय चाहते ही हम एक-दूसरे को देख सकते थे, ऐसा भी नहीं था मगर ठीक उसी वक्त गली की रोशनी हमारे चेहरों पर पड़ते ही लालमोहन बाबू के चेहरे पर छाई घबड़ाहट को समझने में मुझे दिक्कत नहीं हुई।

"उद्देश्यहीन चलते रहने पर भी कभी-कभी दिमाग खुल जाता है," फेलूदा ने कहा, "फिलहाल दिमाग खोलना ही उद्देश्य है।"

"खुल रहा है?"

कोई चूहा अगर आदमी बन जाता तो शायद लालमोहन बाबू जैसा ही वह भी सवाल करता। फेलूदा क्या जवाब देते, नहीं पता क्योंकि ठीक इसी समय एक घटना घट जाने से हम लोगों का ध्यान बँट गया।

इतनी देर तक इस-उस गली में भटकते हुए हम जिस गली में पहुँचे वहाँ कुछ ज्यादा ही सन्नाटा पसरा था। कुछ देर पहले तक आसपास के

मकानों से लोगों की आवाजें, बच्चों के रोने की आवाजें रेडियो से गानों की आवाजें कानों में आती रही थीं मगर इस गली में दूर से आनेवाले किसी मन्दिर के घंटे की हल्की आवाज के अलावा और कोई शब्द नहीं था। थोड़ा आगे बढ़ने पर उसी के साथ एक और लगातार होनेवाला शब्द सुनाई पड़ा—घुप-घुप-घुप-घुप-घुप-घुप।

लालमोहन बाबू हम दोनों के बीच में थे। वह आवाज कानों में जाते ही दोनों तरफ हाथ बढ़ाकर हमारे कोट की आस्तीनें हल्के से खींचते हुए उन्होंने अपनी चाल धीमी कर दी। उसके बाद फुसफुसाकर बोले, "हाईली ससपिशस।"

फेलूदा ने अपने को छुड़ाते हुए कहा, "ससपिशस कुछ नहीं है, पान का वरक तैयार हो रहा है। बल्कि ससपिशस यह है।"

इस बार अपने से पचास हाथ दूर एक आदमी पर हमारी नजर पड़ी। वह एक मोड़ से होते हुए अभी-अभी इसी गली में घुसा था।

हमारे करीब आकर वह हमें देखते ही चौंककर ठिठक-सा गया। उसके चेहरे पर रोशनी नहीं पड़ रही थी इसलिए वह दूर से पहचान में नहीं आ रहा था। सड़क की रोशनी उसके पीछे पड़ रही थी। वह रोशनी उसकी पीठ पर पड़ने से एक काफी लम्बी छाया गली में पसरकर करीब हम लोगों के पैरों तक पहुँच गई थी।

वह छाया, विचित्र रूप से हिल रही थी। वह आदमी शराबी था क्या?

फेलूदा ने टेलीफोटो समेत कैमरा आँख से सटा लिया।

"शशि बाबू!"

मुँह से वह नाम निकलते ही फेलूदा बिजली की तेजी से उधर दौड़े हम तीनों लगभग एक साथ दौड़कर शशि बाबू के पास पहुँचे। वे फटी-फटी आँखों से फेलूदा को एकटक देख रहे थे, उनके आधे खुले होठों

को देखकर लगता था जैसे वे कुछ कहना चाहते हैं।

"कुछ कहना चाहते हैं?" फेलूदा ने आगे बढ़कर दबे स्वरों में उनसे पूछा।

"हाँ-हाँ।"

"क्या हुआ है शशि बाबू? आप क्या कहना चाहते हैं?"

"सिंह... सिंह... सिंह...।"

शशि बाबू का शरीर आगे की ओर झुक गया।

उनकी पीठ पर रोशनी पड़ रही थी।

उस रोशनी में देखा शशि बाबू की पीठ के घाव से खून निकलकर उनके कुर्ते को भिगो रहा था।

नौ

"अब इस जसूसी के धन्धे को छोड़ दूँगा रे।"

फेलूदा ने ऐसी बात पहले कभी नहीं की थी, मगर इस बार जैसे हालात में फँस गए थे, उसमें इस तरह से सोचना अस्वाभाविक नहीं है।

आज सप्तमी थी। सोमवार। सुबह का वक्त था। शशि बाबू की दो दिन पहले हत्या हुई थी। हम लोग सुबह अण्डा, डबलरोटी, चाय का नाश्ता करके अपने होटल के कमरे में अपने-अपने बिस्तर पर बैठे हुए थे। कुछ देर पहले तिवारी ने फोन करके बताया था कि शशि बाबू के छोटे बेटे निताई को पुलिस ने गिरफ्तार कर लिया था। निताई का चालचलन अच्छा नहीं था, इसे पहले ही सुन चुका था। उससे उसके पिता की जरा भी नहीं बनती थी। सुना है शशि बाबू अक्सर उसे पुलिस

के हाथों सौंपने का डर दिखाते रहते थे। इसलिए तंग आकर अपने बाप का खून करना उसके लिए अस्वाभाविक नहीं था। मगर निताई ने हत्या की बात कबूल नहीं की थी। वह उस दिन शाम को चेतगंज के एक सिनेमाहाल में फिल्म देख रहा था। उसके कमीज की जेब से टिकट का आधा हिस्सा मिला भी था। जिस छुरे से शशि बाबू को मारा गया था वह अभी तक मिला नहीं था।

मृत्यु के दिन शाम को छह बजे तक शशि बाबू ने देवी की आँखें रँगने का काम पूरा कर लिया था। विकास बाबू ने पुलिस को बताया था कि अपना काम खत्म करके शशि बाबू उनके पास होमियोपैथिक दवा लेने गए थे। क्योंकि उन्हें फिर से बुखार हो गया था। विकास बाबू ने दवा दे दी। शशि बाबू दवा लेकर अपने घर रवाना हो गए। रास्ते में उनकी हत्या कर दी गई।

"बीच-बीच में शायद इस तरह का झटका लगना ठीक ही होता है," फेलूदा ने कहा। मैं समझ गया कि ये बातें हमें सुनाने के लिए नहीं कही गई थीं। फेलूदा जो कर रहे थे उसे अँग्रेजी में कहते हैं—थिंकिंग एलाउड। फेलूदा बोले, "अपने को एक मामूली इनसान समझना बुरा नहीं लग रहा है। लालमोहन बाबू आज 'काबुलीवाला' देखने जाएँगे तो? पता चला है ये लोग नाटक बहुत अच्छा करते हैं।"

"हाँ तो आप चलें, मतलब अगर आप भी चलें..."

"और कल टार्जन देखेंगे, परसों जंजीर, तरसों रफूचक्कर। दुर्गाबाड़ी भी एक दिन आप लोगों को दिखा लाऊँगा। आप देखिएगा वहाँ के बन्दर फेलू मित्तिर से कहीं ज्यादा बुद्धिमान हैं।"

हम लोग वाकई शाम को 'काबुलीवाला' देखने बंगाली क्लब में पहुँचे और देखा कि वे लोग बढ़िया एक्टिंग करते हैं।"

अगले दिन महाष्टमी थी। सुबह दुर्गा प्रतिमाओं के दर्शनों के लिए

निकल पड़े। घोषाल बाड़ी के अलावा भी अन्य घरों में दुर्गा पूजा होती थी। कुल पाँच प्रतिमाएँ देखकर हम दुर्गाबाड़ी में पहुँचे। लालमोहन बाबू मन्दिर के बाहर ही खड़े रहे क्योंकि बन्दर नामक प्राणी को वे पिंजरे से बाहर रखना पसन्द नहीं करते थे। उनका कहना था—"व्यासदेव ने नहीं बल्कि बाल्मीकि वगैरह ने क्यों इस जानवर को इतनी प्रतिष्ठा दी है, यह आजतक मेरी समझ में नहीं आया। जो जीव डण्डे से ठेले बिना नाच नहीं सकता। भला ऐसे जीव पुल बना सकते हैं? धत्त! और मैं जो लिखता हूँ उसे बेसिर-पैर की कहकर उड़ा दिया जाता है।"

दोपहर को मिस्टर घोषाल ने घर में खाने को बुलाया था। फेलूदा ने होटल से फोन करके विकास बाबू से माफी माँग ली। हम लोगों ने होटल में ही भोजन किया। फेलूदा दोनों वक्त रोटी खाते हैं। आज अचानक भरपेट भात खाकर जब लेटे तो फिर साढ़े चार बजे उनकी आँख खुली। बाद में समझा था कि तूफान आने के पहले प्रकृति बिल्कुल शान्त हो जाती है, यह भी ठीक उसी प्रकार का था। मगर फेलूदा को कभी ऐसे उदासीन और थका हुआ नहीं देखा था इसलिए बहुत बुरा लग रहा था।

मगर लालमोहन बाबू इतने उदासीन नहीं थे, उन्होंने अपनी कापी में कल से एक उपन्यास की रूपरेखा लिखनी शुरू कर दी थी। हर दो पंक्ति लिख लेने के बाद वे कमरे की छत की ओर देख रहे थे।

बस एक बार मेरी ओर मुड़कर कहा था—"मुमुर्ष में क्रम से छोटा उ के बाद बड़ा ऊ आएगा कि नहीं, काइण्डली बताना तो।"

आखिरकार हम लोग 'टार्जन द एप मैन' भी देखने गए मगर फेलूदा के लिए पूरी फिल्म देख पाना सम्भव नहीं हुआ। पूरी कहना भी बेकार है—मेट्रो गोल्डविन मेयर नाम के बाद फिल्म का नाम पर्दे पर दिखाया ही गया था कि मैंने पाया फेलूदा सीट से उठकर खड़े हो गए थे।

"तोपसे, तुम लोग फिल्म देखो, मुझे एक जरूरी काम से जाना है।"

कुछ कहने के पहले ही फेलूदा हवा हो गए।

मेरे मन की हालत विचित्र थी। मुझे फिल्म भी अच्छी लग रही थी, फेलूदा को फिर से उत्साहित देखना भी अच्छा लग रहा था मगर इस तरह उनका अचानक चला जाना मेरी समझ में नहीं आ रहा था।

आठ बजे फिल्म खत्म हुई सवा आठ बजे के करीब रिक्शे से होटल लौट आया।

कमरे में आकर देखा फेलूदा पलंग पर बैठकर अपनी डायरी खोलकर बड़े ध्यान से न जाने क्या हिसाब लगा रहे थे। हम लोगों को देखकर कहा, "तुम लोग खाना खा लो। मैंने अपने लिए एक कॉफी भेजने के लिए कहा है।"

"आप बिल्कुल नहीं खाएँगे?"

"मेरा पेट भरा हुआ है। इसके अलावा तिवारी अभी मुझे एक जरूरी फोन करने वाला है।"

आज अष्टमी होने के कारण होटल में पूड़ी और गोश्त बना था मगर खाने के दौरान कहीं तिवारी का फोन न आ जाए इसलिए जल्दी-जल्दी सब कुछ निगलना पड़ा।

हमारे भोजन कर लेने के आधा घंटे बाद तिवारी का फोन आया। उस वक्त फेलूदा के पास बिना रहे मैं रह नहीं पाया। फेलूदा ने जो कहा वह यों था—"कहिए मिस्टर तिवारी...हाँ,...वेरी गुड...नहीं-नहीं, अभी कुछ मत कीजिएगा, एकदम आखिरी क्षण पर...हाँ, इसीलिए तो शुरू में ही इतनी आपाधापी मची थी हाँ...और...यानी कि उस मकान का पता लगाया था?...वेरी गुड...ठीक है, कल भेंट होगी...गुड नाइट।"

लालमोहन बाबू मेरे साथ नीचे गए थे। सिनेमा से लौटते वक्त

ही उन्होंने मुझसे कहा था, तेरे दादा की आज की उछलकूद के कारण मेरे उपन्यास का प्लॉट दिमाग से निकल गया। मुझे फिर से नए सिरे से सबकुछ सोचना होगा।" कमरे में आकर देखा वे अपनी कॉपी खोलकर मुँह बनाकर बैठे हुए थे। फेलूदा ने लौटकर एक सिगरेट सुलगाई फिर कमरे में चहलकदमी करने लगे।

लालमोहन बाबू ने अपनी कॉपी बन्द करके कहा, "यह बहुत खराब बात हुई है, आपको पता है न? न मैं अपनी कहानी बढ़ा पा रहा हूँ न मैं आपके केस के साथ तालमेल बिठा पा रहा हूँ। इधर भी थोड़ा सूत्र बताइए। हम लोगों के पास भी ब्रेन नामक कोई चीज है। उसे भी खटने का थोड़ा मौका दीजिए।"

"मुझे भला क्या आपत्ति होगी? फेलूदा धुएँ का एक गोला बनाते हुए बोले, "मैं आपको पाँच सूत्र दे रहा हूँ, आप उससे जितनी मर्जी हो उतना जाल बुनिए।"

"सूत्र?"

"अफ्रीका का राजा, शशि बाबू का सिंह, हाँगर का मुँह, एक से दस और मगनलाल का बजरा।"

लालमोहन बाबू कुछ देर तक फेलूदा की तरफ देखकर एक गहरी साँस लेकर बोले, "इससे तो अच्छा था यही कहते चन्द्रबिन्दु का च, बिडाल का तालव्य श, और रूमाल का माँ। बल्कि यह ज्यादा आसान होता।"

"लेकिन आपलोगों को मेरी एक शर्त माननी पड़ेगी, "फेलूदा अचानक गम्भीर होकर बोले, "कल से किसी चीज के बारे में कोई भी सवाल नहीं पूछेंगे?"

"एक पूछकर ही जो जवाब मिला...अब कौन पूछेगा?"

फेलूदा लालमोहन बाबू के मजाक पर ध्यान न देकर कहते रहे,

"कल से शायद मुझे समय-असमय बाहर जाना पड़ेगा, मगर आप लोगों के बिना। आप दोनों जहाँ चाहें घूमिए-फिरिए। मुझे नहीं लगता अब इसमें कोई रिस्क है। अगर ऐसा महसूस होगा तो मैं पहले से आपको बाहर जाने से मना कर दूँगा।...और हाँ, लालमोहन बाबू तैरना जानते हैं न?"

"तैर...?"

"पानी में देर तक अपने को बहाए तो रख सकते हैं?"

"हाँ हाँ, सन् चौवालीस में हेदो ताल में—"

"इतना काफी है। मगर जरूरी नहीं है कि तैरने की जरूरत पड़े ही।"

अगले दिन नवमी थी। सुबह चाय पीकर मैं और लालमोहन बाबू निकल पड़े। फेलूदा होटल में रुक गए थे। उन्हें एक फोन का इन्तजार था। लालमोहन बाबू को इक्के पर चढ़ने का शौक था, काशी में इन दिनों घोड़ागाड़ी यानी टाँगे ज्यादा चल रहे थे। काफी ढूँढ़ने के बाद आखिरकार एक इक्का मिल गया। सोनरपुरा रोड से हिन्दू यूनिवर्सिटी तक जाकर फिर दुर्गाकुण्ड रोड से वापस लौटते वक्त मन्दिर, मसजिद, अट्टालिकाएँ जो कुछ भी नजर आईं सब देखते हुए साढ़े ग्यारह तक हम लोगों ने होटल में लौटकर देखा—फेलूदा सीने के नीचे तकिया लगाकर लेटे-लेटे अपनी खींची तस्वीरों का क्वार्टर साइज एनलार्जमेण्ट बड़े ध्यान से देख रहे थे। परसों बंगाली क्लब में जाते वक्त वे क्राउन फोटो स्टोर्स में डेवलप करने के लिए फिल्म दे आए थे।

शाम के वक्त तिवारी का फोन आया। फेलूदा दो मिनट में बात पूरी करके ऊपर चले आए। कमरे में बैठना अच्छा नहीं लग रहा था, इसीलिए मैं और लालमोहन बाबू मणिकर्णिका घाट का श्मशान देख आए। लालमोहन बाबू ने जाते और आते वक्त तीन बार एक ही बात कही—"लगता है आज अब कोई हमारा पीछा नहीं कर रहा है।"

लौटकर पता चला फेलूदा होटल में ही थे। शंकरी निवास के विकास बाबू ने फोन किया था। मिस्टर घोषाल ने जानना चाहा था कि फेलूदा ने केस से हाथ खींच लिया है या नहीं।"

"आपने क्या कहा?" मैंने पूछा।

उन्होंने जवाब में कहा, "नहीं।"

अगले दिन सुबह छह बजे उठकर देखा फेलूदा नहीं थे। बिस्तर झाड़कर चद्दर से ढका था, उनकी ऐशट्रे के रूप में काम आनेवाला पत्थर का वह कटोरा रखा था, जिसके नीचे दबे कागज पर लिखा था—"मेरे फोन का इन्तजार करना।"

इसका मतलब हम लोगों को अब होटल में ही रहना था। उसमें कोई हर्ज नहीं था बस एक ही चिन्ता थी कि फेलूदा पर कोई आँच न आए। फेलूदा खतरों से जूझनेवाले आदमी थे, कुछ ऐसा-वैसा कर न बैठें। फेलूदा ने हालाँकि इस विषय में कुछ नहीं कहा था। मगर मुझे यकीन था कि शशि बाबू का खून मगनलाल के लोगों ने ही किया था। फेलूदा से जरूर बड़े दुश्मन, मगनलाल के लिए शशिबाबू नहीं रहे होंगे। तो फिर वह फेलूदा को ही क्यों बख्शेगा।

मैंने अपना ध्यान हटाने की कोशिश की। जो होना है होगा। बस अपनी हिम्मत बनाए रखनी है।

चाय के वक्त लालमोहन बाबू ने कहा, "मगनलाल ने उस दिन गणेश के सिलसिले में जो कुछ कहा, उस पर यकीन करके तुम्हारे दादा को अपना हाथ खींच लेना चाहिए था।"

मैंने कहा, "हाथ तो खींच ही लिया था मगर उस दिन सिनेमा देखते वक्त न जाने उन्हें क्या हो गया।"

"अन्त में टार्जन इस तरह सर्वनाश करेगा इसे कौन जानता था, कहो।"

दोपहर तक फेलूदा का कोई फोन नहीं आया। भोजन के बाद लालमोहन बाबू को करने के लिए कुछ और समझ में नहीं आया तो फिर गणेश की चोरी के बारे में वे अपनी राय मुझे बताने लगे।

"मेरा तो खयाल है तपेश, गणेश की मूर्ति चोरी ही नहीं हुई है। उसे अम्बिका बाबू ने ही अफीम की पिनक में सन्दूक से निकाल लिया होगा फिर नशा उतर जाने के बाद वह बात उनके दिमाग से निकल गई होगी।"

मैंने कहा, "तो फिर वह गई कहाँ?"

उनकी तालतले वाली चप्पल नहीं देखी? उनके पैर से वह चप्पल कितनी बड़ी है, इस पर गौर किया है? कोई बूढ़ा आदमी चप्पल पहनकर बैठा रहे तो उनकी चप्पलें उतरवाकर कौन तलाशी लेने जाएगा, कहो?"

मुझे थोड़ा सन्देह हुआ। कहा, "आपके नए उपन्यास में कुछ ऐसी बात है क्या?"

लालमोहन बाबू मुस्कराकर बोले, "ठीक पकड़ा। मगर मेरे उपन्यास में गणेश के बदले एक दो हजार कैरेट का हीरा है।"

"दो हजार?" मेरी तो आँखें फैल गईं—"दुनिया का सबसे बड़ा हीरा स्टार ऑफ अफ्रीका, पता है कितना कैरेट का है?"

"कितने का?"

"पाँच सौ। और कोहिनूर सिर्फ एक सौ दस कैरेट का है।"

लालमोहन बाबू ने गम्भीरता से सिर हिलाकर कहा, "दो हजार का ही होगा तो कहानी जमेगी नहीं।"

शाम साढ़े चार बजे हरकिशन ने आकर कहा, मेरा टेलीफोन आया है। मैंने भागते हुए नीचे जाकर निरंजन बाबू के असिस्टेण्ट के हाथ से फोन को लगभग छीन ही लिया।

"कौन फेलूदा?"

"सुन!" बहुत गम्भीर गले से फेलूदा ने कहा, "ध्यान से सुन। दशाश्वमेध के दक्षिण दिशा में उसके ठीक बाद का घाट मुंशी घाट है; जिसके बाद राजा घाट पड़ेगा सुन रहा है न?"

"हाँ-हाँ।"

"मुंशी घाट और राजा घाट के बीच में एक सुनसान जगह है। एक घाट जहाँ खत्म होता है और दूसरा जहाँ शुरू होता है। इन दोनों के बीचोबीच वह जगह है।"

"समझ गया।"

"देखना, पत्थर की दीवार पर हिन्दी में लिखा बैद्यनाथ सालसा का एक विज्ञापन तुझे नजर आएगा। और उसके ठीक नीचे एक बहुत चौकोर पत्थर का गड्ढा है।"

"समझ गया।"

"तुम दोनों वहाँ ठीक साढ़े पाँच बजे पहुँच जाना। उस खुपरी के सामने इन्तजार करना। मैं छह बजते-बजते पहुँच जाऊँगा।"

"ठीक है।"

"मैं भेष बदलकर आऊँगा।"

यह सुनते ही मेरी छाती इस तरह धड़कने लगी कि मेरे मुँह से बात ही नहीं निकली। फेलूदा का छद्मवेश मतलब नाटक का क्लाइमेक्स।

"सुन रहा है?"

"हाँ-हाँ।"

"मैं करीब छह बजे तुम लोगों से मिलूँगा।"

"ठीक है।"

"मेरे न आने तक इन्तजार करना।"

"ठीक है। आप तो ठीक है न।"

"फोन रख रहा हूँ।"

उधर से फोन रखने की खट् की आवाज आई। लगा, फेलूदा जैसे फिर से कुहासे में खो गए हैं।

दस

दशाश्वमेध में आज दशहरा की भीड़ होने की सम्भावना से हम लोगों ने सोचा कि अभय चक्रवर्ती के घरवाली सड़क से होकर पहले केदार घाट जाएँगे। वहाँ से सीढ़ियों से होकर उत्तर की ओर चलने पर पहले ही राजा घाट आएगा। लालमोहन बाबू आज सुबह होटल के करीब एक दवा की दुकान से सोलह अक्षर का नामवाला कोई टैबलेट खरीदकर उसे इस बीच दो बार खा चुके थे। उन्होंने कहा, पिछली रात को अधजगी हालत में उनकी बार-बार दाँती लगी जा रही थी मगर अब वे एकदम ठीक थे।

उनकी हिम्मत पहले से बढ़ गई थी। इसका परिचय मुझे मुख्य सड़क से मोड़ घूमकर पहली गली में घुसते ही मिला। वहाँ सामने ही एक साँड़ खड़ा था—मामूली गाय नहीं कद्दावर साँड़—जो बीच सड़क

पर खड़ा होकर हमारी तरफ गर्दन घुमाकर देख रहा था। लालमोहन बाबू बेधड़क आगे बढ़कर 'ऐ हट-हट' कहकर उसे ढकेलकर उसकी बगल से होकर मजे से आगे बढ़ गए। मुझे डर नहीं लगा था मगर मजा देखने के लिए खड़ा हो गया था। लालमोहन बाबू ने मुझे 'आओ तपेश, कुछ कहेगा नहीं।' कहकर हाथ के इशारे से मुझे बुलाया।

अभय बाबू के घर के बाहर और भीतर काफी भीड़ थी। आखिर इतनी भीड़ क्यों है, यह सोचते ही मुझे खयाल आया कि आज ही तो मछली बाबा के चले जाने का दिन था। हम लोग तृतीया में आए थे और आज दशमी थी। खैर, इसका मतलब मूर्ति विसर्जन के अलावा भी आज एक बड़ी घटना होनेवाली थी।

जो लोग बाहर खड़े थे उनमें हमारे होटल के एक जाने-पहचाने चेहरे वाले व्यक्ति को देखकर मैंने पूछा, "मछली बाबा क्या आज केदार घाट से जाएँगे?" उन सज्जन ने कहा, "नहीं, शायद दशाश्वमेध घाट से।" ऐसा होने पर हमें थोड़ी दूर से वह घटना देखनी होगी। लालमोहन बाबू को इसमें आपत्ति नहीं थी। उन्होंने कहा, "भक्तों की भीड़ में पिसने से कुछ दूर खड़े होकर देखना बेहतर है।"

केदार घाट से उत्तर की ओर पैदल चलकर राजा घाट पहुँचने में पाँच मिनट लगे। घाट के किनारे ऊँचे-ऊँचे मकानों की कतार होने के कारण यहाँ से धूप काफी पहले ही सरक जाती थी। बरसात के बाद पानी और आगे तक आ गया था इसलिए तट से काफी दूर तक उस गंगा में उन मकानों की परछाईं नजर आती थी। कुछ देर बाद धूप नजर भी नहीं आएगी। उसके बाद एकाएक अँधेरा घिर जाएगा। घाट के किनारे एक जगह नावें कतार में खड़ी थीं, उनके ऊपर लगे बाँसों के सिरों पर कार्तिक महीने की बत्तियाँ जल रही थीं। उत्तर में शायद दशाश्वमेध घाट से ही शोर की आवाज कानों में आ रही थी, मेरी समझ में आ गया कि वहाँ काफी भीड़ इकट्ठी हो गई होगी। उन्हीं के बीच ढाक बजने की आवाज

भी सुनाई दे रही थी, बीच-बीच में पटाखे तथा राकेट चलने की हुश्श की आवाज भी आ रही थी।

राजा घाट की सीढ़ियाँ खत्म होकर गीली-मिट्टी शुरू हो गई। कुछ दूर जाने के बाद उस विज्ञापन पर नजर पड़ी—बैद्यनाथ सालसा। इनसानों जैसे लम्बे एक-एक अक्षर। बाद में फेलूदा से पूछने पर पता चला कि 'सालसा' पुर्तगाली शब्द था, जिसका मतलब एक प्रकार की खून साफ करनेवाली दवा थी।

वह जगह वाकई सुनसान थी। इतना ही नहीं, यहाँ से भी दशाश्वमेध घाट साफ नजर आ रहा था। वहाँ की सीढ़ियों पर लोग भरे हुए थे, इतना ही नहीं नावों और बजरों पर भी लोगों की जबर्दस्त भीड़ थी।

"दुर्गा माई की जय!"

एक प्रतिमा का विसर्जन हो गया। बजरे से कुछ दूर नदी में ले जाकर प्रतिमा को पानी में डुबो देने से ही काम खत्म। दो नावों को अलग करके उसके बीच से मूर्ति विसर्जन करनेवाली बात यहाँ नहीं थी।

धूप ढल गई थी। लेकिन घाट का शोरगुल अब बढ़ता ही जा रहा था। छह बजने में बीस मिनट बाकी थे। लालमोहन बाबू ने अपनी कलाई घड़ी देखकर कहा, "तुम्हारे भैया का टेलीफोकस होता तो क्या बात थी।" तभी एक नया शोर कानों में आया—

"गुरुजी की जय। मछली बाबा की जय। गुरुजी की जय।"

बनारस के घाटों पर एक प्रकार का अठकोण बुर्ज नजर आता है जिस पर छतरी के नीचे पण्डे बैठे रहते हैं, पहलवान लोग मुग्दर भाँजते दिखते हैं तथा लोग जाकर बैठते हैं। हम लोगों के ठीक सामने करीब पचास हाथ दूर वैसा ही एक बुर्ज पानी से चार-पाँच हाथ ऊपर उठा हुआ था, जिस पर इस वक्त कोई नहीं था। ऐसे ही बुर्ज दशाश्वमेध में कई थे। उनमें से एक जो हमारी ओर था, उस पर कुछ लोग अभी भी

खड़े होकर इन्तजार कर रहे थे। 'गुरुजी की जय' सुनते ही उनके बीच एक हलचल-सी नजर आई। उन सभी की नजरें अब घाट की सीढ़ियों पर लगी हुई थीं।

इस बार देखा, लोगों का एक बहुत बड़ा झुंड सीढ़ियों से उतरकर बुर्ज की ओर बढ़ रहा था। उनमें सबसे आगे जो महानुभाव थे, वे कोई और नहीं खुद मछली बाबा थे। गाढ़े लाल रंग की लुंगी को वे इस वक्त धोती की तरह पहने हुए थे। बदन के लाल चादर पर पीला रंग देखकर मैं समझ गया कि बाबा ढेर सारे गेंदे की माला पहने हुए थे।

बुर्ज अब करीब-करीब खाली हो चुका था। वहाँ बस दो आदमी रह गए। उन्होंने बाबा का हाथ पकड़कर उन्हें ऊपर चढ़ाया। बाबा का सिर इस वक्त सबके ऊपर नजर आ रहा था।

बाबा ने इस बार भक्तों की ओर मुड़कर दोनों हाथ उठा दिए। उन्होंने उनसे क्या कहा या कुछ नहीं कहा, यह इतनी दूर से समझ में नहीं आया।

इस बार बाबा उसी तरह हाथ उठाकर बुर्ज के दूसरी तरफ बढ़ गए। उनके सामने गंगा थी। पीछे से फिर जय-जयकार हुई—"मछली बाबा की जय।"

उस जय-जयकार के बीच मछली बाबा पानी में कूद गए।

भक्तों के बीच से अब एक विचित्र आवाज आई तो लालमोहन बाबू ने इसे 'एक स्वर में विलाप' कहा। बाबा को कुछ देर पानी में तैरते देखा गया। फिर वे अदृश्य हो गए। लालमोहन बाबू ने कहा, "डुबकी लगाकर तैरते हुए पटना पहुँच जाएँगे। कैसा थ्रिलिंग मामला है। समझा सकते हो?"

एक और थ्रिलिंग मामले में हम लोगों के हार्टफेल होने की नौबत आई थी, जब दशाश्वमेध घाट से नजरें हटीं हमने पाया कि इस बीच न

जाने कब एक अजनबी उस धुँधलके में दबे पाँव आकर हमारे पास खड़ा हो गया था। उसके बाएँ हाथ में एक लाठी थी। सिर पर पगड़ी, चेहरे पर दाढ़ी-मूँछें, सलवार, पठानी कुर्ता और सदरी के अलावा पैरों में कामदार नागरी जूते पहने था।

काबुलीवाला।

काबुलीवाले के अपना दायाँ हाथ थोड़ा उठाकर हमें भरोसा दिलाया।

फेलूदा! काबुलीवाले के छद्मवेश में फेलूदा। उस दिन बंगाली क्लब के त्रिदिव घोष ने भी ऐसा ही मेकअप किया था।

"वण्डर—"

फेलूदा को होठ पर उँगली रखते देखकर लालमोहन बाबू ने अपनी बात अधूरी छोड़ दी।

मुझे इस बात का कोई अन्दाजा नहीं था कि आगे क्या घटने जा रहा था, उस छद्मवेश की जरूरत के बारे में भी कुछ पता नहीं चला, यह भी नहीं जानता था कि अपराधी कौन है या कौन लोग हैं फिर भी फेलूदा अगर खामोश रहने का इशारा करते हैं तो ऐसा करना ही पड़ेगा। इस बात को मुझे पता था और अब तक लालमोहन बाबू भी इसे जान गए थे। फेलूदा दशाश्वमेध घाट की ओर टकटकी लगाए देख रहे थे। हमारी नजरें भी उधर चली गईं।

दूर से एक बजरा घाट के करीब बहता आ रहा था। उसके सिर पर एक बत्ती जल रही थी। बजरा काफी बड़ा था। उसकी छत पर चार-पाँच लोग खड़े थे। उनमें से कोई अपना परिचित नहीं लगा। वैसे भी इतनी दूर से पहचानना मुश्किल था।

"दुर्गा माई की जय। दुर्गा माई की जय।"

एक और प्रतिमा घाट पर आ रही थी। सीढ़ियों से उतारी जा रही थी। पैट्रोमेक्स के उजाले में प्रतिमा रह-रहकर चमक उठती थी। दूर से

भी पहचानने में कोई दिक्कत नहीं थी। यह घोषाल बाड़ी की प्रतिमा थी।

फेलूदा के साथ हम भी मूर्तिवत खड़े होकर विसर्जन का दृश्य देखने लगे।

उतनी बड़ी प्रतिमा को बजरे पर चढ़ा दिया गया। फिर वह बजरा गहरे पानी की ओर धीरे-धीरे बढ़ने लगा।

इसके बाद देखा वह प्रतिमा एक बार झटके से ऊपर उठकर अगले ही क्षण चित होकर नजरों के पीछे अदृश्य हो गई। कुछ देर बाद कूदने से हुई झपाक की आवाज आई, जैसे कि क्रिकेट मैदान में गेंद को बैट से मारने पर कुछ देर बाद आवाज आती है।

अचानक लगा शशि बाबू की कलाकृति अब पानी के अन्दर चली गई थी। शायद इस बीच उसके सारे रंग बेरंग हो गए होंगे।

मछली बाबा को पहनाए गए गेंदे फूलों की माला अब हमारे सामने से बह रही थी।

जो बजरा दूर से नदी के किनारे से होकर बह रहा था वह अब दशाश्वमेध को पार करके हमारी ओर आ रहा था।

वह मगनलाल का बजरा था। मुझे बजरे की छत पर लम्बा-तगड़ा मगनलाल नजर आया। वह पालथी मारे बैठा था। उसके साथ चार लोग और थे।

फेलूदा का दायाँ हाथ उनकी कमर के पास था, उनके बाएँ हाथ में लाठी अभी भी मौजूद थी। अँधेरा उतरने लगा था। इसके बावजूद मुझे लाठी के बीच की गाँठ के नीचे भिंची हुई मुट्ठी साफ नजर आ रही थी।

उस दिन गली में सुना घुप-घुप का शब्द फिर से सुनाई पड़ने लगा था कि अब वह मेरे भीतर से आ रहा था।

मेरा गला सूखने लगा था।

उस बाएँ हाथ पर से मैं अपनी आँख हटा नहीं पा रहा था।

फेलूदा के बाईं छोटी अँगुली का नाखून काफी लम्बा था।

काबुलीवाला के बाएँ हाथ की छोटी अँगुली का नाखून कटा हुआ था।

फेलूदा की बाईं कलाई के पास एक तिल था।

काबुलीवाला की बाईं कलाई में कोई तिल नहीं था।

यह आदमी फेलूदा नहीं था।

तो कौन काबुलीवाला बनकर हमारे पास आकर खड़ा था?

लालमोहन बाबू को पता था कि उनके पास कौन खड़ा था?

क्या वे समझ चुके थे कि यह फेलूदा नहीं थे?

बजरा हमारे सामने बुर्ज के करीब तक पहुँच चुका था। यहाँ से वह बुर्ज लगभग पचीस गज उत्तर दिशा की ओर था। फासला कम होता जा रहा था।

काबुलीवाले ने हमें उस चौकोर गड्ढे में घुस जाने का इशारा किया। लालमोहन बाबू उसमें घुस गए। और उन्होंने मुझे भी खींच लिया। वह खुपरी हाथ भर से ज्यादा गहरी नहीं थी। हमें यहाँ से सब नजर आ रहा था, मगर बाहर वाले हमें नहीं देख सकते थे।

बजरा अब रुकने ही वाला था।

बुर्ज के ठीक पीछे पानी में कुछ हलचल हो रही थी।

फिर एक आदमी का सिर पानी के ऊपर नजर आया। लालमोहन बाबू ने हाथ बढ़ाकर मेरे कोट की आस्तीन भींच ली।

एक आदमी बिना आवाज किए बजरा से पानी में कूद गया।

वह आदमी नहीं कोई छोकरा था।

रुकू का दोस्त सुरय।

वह तैरते हुए बुर्ज की ओर बढ़ने लगा।

बुर्ज के पीछे पानी से इस बार वह आदमी कन्धे तक पानी से बाहर उठ गया। अरे यह कोई सपना था या हकीकत? यह तो मछली बाबा थे। दोनों हाथों से कसकर न जाने क्या पकड़े हुए थे। सुरय उनकी ओर ही बढ़ गया था। बजरा के छत पर मौजूद लोगों की निगाहें दोनों पर लगी हुई थीं।

इसके बाद एक और—एक नहीं, एक के बाद एक दो-दो चौंकानेवाली घटना घटी। मछली बाबा ने अपने हाथ से बेडौल गेंद-जैसी चीज घाट की ओर फेंक दी। इसके साथ ही काबुलीवाले ने अपने हाथ की लाठी फेंककर चीते की फुर्ती से वहाँ पहुँचकर उस चीज को बाएँ हाथ से उठाकर दाएँ हाथ से जेब से रिवाल्वर निकालकर बजरे की ओर तान दिया।

उस क्षण मगनलाल को भी फुर्ती से सीधा होकर खड़े होते ही मैंने देखा—उसके भी हाथ में एक रिवाल्वर था। उसके आसपास के

लोग भी सतर्क हो गए थे। उन्हें देखकर लगता था उनके हाथों में भी हथियार होंगे।

इधर अपने सिर के ऊपर भी मुझे पैरों के शब्द मिल रहे थे। धप-धप करके दो-तीन हथियारबन्द पुलिस शायद बैद्यनाथ सालसा के पीछेवाले चबूतरे से हमारे दोनों तरफ कूद गए।

इसके बाद से गोलियाँ चलने की आवाज आई। एक गोली हम लोगों के छिपने की जगह के बगल वाले दीवार में जाकर लगी। जख्मी दीवार के चूरे गंगा की हवा से उड़कर सीधे लालमोहन बाबू की नाक के अन्दर घुस गए।

"आक् छीं।"

उधर मगनलाल के हाथ से रिवाल्वर छिटककर गिर पड़ा। इसके बाद ही एक आश्चर्यजनक घटना घटी। वह हिप्पोपोटमस जैसा आदमी बजरे की उलटी तरफ भागते हुए जोर से चीखकर दोनों हाथ सिर पर उठाकर लम्बी छलाँग मारकर गंगा में कूद गया जिससे चारों तरफ का पानी फुहारे की तरह उछल गया।

मगर कोई फायदा नहीं हुआ। देखते-देखते बजरे के पास पुलिस से भरी दो नावें पहुँच गईं।

और मछली बाबा?

वे सुरय को काँख में दबाए पानी से बाहर निकालकर ला रहे थे।

इस बार वे काबुलीवाला की ओर मुड़कर बोले, "थैंक्यू तिवारी जी।"

और काबुलीवाले ने मछली बाबा की ओर हाथ बढ़ाकर उन्हें पानी से खींचते हुए कहा, "थैंक यू मिस्टर मित्तिर।"

मैं और लालमोहन बाबू वहीं धप से बैठ गए अन्यथा शायद सिर चकरा जाने से गिर पड़े होते। सुरय को एक पुलिसवाले ने पकड़ लिया।

फेलूदा के करीब आते ही समझ गया उनका मेकअप कितना जबर्दस्त हुआ था। हालाँकि उनके बदन के किसी-किसी हिस्से से काला रंग मिटकर उनके चमड़े का असली रंग झलकने लगा था।

"कोढ़ जैसा लग रहा है न तोपसे?"

"वण्डरफुल।" लालमोहन बाबू ने कहा।

फेलूदा ने इस बार तिवारी की ओर मुड़कर कहा, "आप अपने आदमियों से कह दीजिए, जीप में मेरे कपड़े और तौलिया रखा है, उन्हें झट से ले आए।"

ग्यारह

विजयदशमी। रात नौ पैंतालीस। घोषालबाड़ी का बैठकखाना। जो लोग वहाँ मौजूद थे, उनमें थे—जासूस प्रदोष मित्तिर, लालमोहन गांगुली, सब इंसपेक्टर तिवारी, अम्बिका घोषाल, उमानाथ, उमानाथ बाबू की पत्नी, रुक्मिणी कुमार घोषाल, विकास सिंह, तथा इनके अलावा वे भी थे जो बाहर से आए रिश्तेदार थे जिनके नाम नहीं जानता—और मैं तपेशरंजन मित्र। इसके अलावा कमरे के दरवाजे के बाहर से तीन लोगों को झाँकते देख रहा था—दरबान त्रिलोचन पाण्डे, बेयरा बैकुंठ और घर का बूढ़ा नौकर भारद्वाज।

एक-दूसरे से गले मिलने और मिठाई खाने के बाद—कम-से-कम सभी की प्लेटें खाली नजर आ रही थीं, हालाँकि किसी-किसी के जबड़े

अभी भी हिल रहे थे। फेलूदा का मुँह भी चल रहा था। दुर्गा प्रतिमा के विसर्जन के बाद घरवाले उदास हो जाते हैं। यहाँ भी यही हाल था। मगर इस वक्त एक भगवान के चले जाने के बाद एक और भगवान के लौटने की आशा में सभी के चेहरे खुशी से खिल उठे थे। यहाँ इतना बता दूँ कि गणेश की मूर्ति मिली है कि नहीं इसका चाय तक पता नहीं चला था। बस मछली बाबा के ही बारे में जानकारी मिली थी। आज शाम को चार बजे भक्तों की भीड़ पहुँचने के आधा घण्टा पहले अभय बाबू के घर के पिछवाड़े के दरवाजे से घुसकर पुलिस ने मछली बाबा को गिरफ्तार कर लिया था। बाबा जी असल में रायबरेली जेल से भागा हुआ जालसाज था। इसके अलावा वह मगनलाल का एक गुर्गा भी था। उसका असली नाम पुरन्दर राउत था, घर पूर्णिया में। नकली बाबा काफी दिनों तक कलकत्ता में था। शहीद मीनार के नीचे हाथ सफाई का खेल दिखाने से शुरुआत करके अनेक प्रकार के विचित्र काम करके आखिर में जालसाजी की राह पकड़ ली। गिरफ्तारी के घंटे भर में बंगाली क्लब से उधारी पर मेकअप के सामानों से मछली बाबा का रूप धरकर फेलूदा दर्शकों के बीच विराजमान हो गए। उसके पहले ही पुरन्दर ने बता दिया था कि असल में मछली बाबा को मगनलाल ने ही प्लान किया था। उसके पीछे कितना बड़ा शैतानी षड्यन्त्र था, उसके बारे में जानकारी बाद में फेलूदा के रहस्योद्घाटन से हुई।

सभी मुँह बन्द किए उत्कण्ठित होकर बैठे हुए थे। सभी की नजरें फेलूदा पर थीं। पता नहीं, क्यों बीच-बीच में हँस पड़ते थे। विकास बाबू ने जबर्दस्ती उन्हें भाँग खिला दिया था शायद यह कारण हो। सुना है, भाँग खाने से हँसी आती है।

फेलूदा पानी पीकर हाथ के शीशे के गिलास को आहिस्ते से बड़ी सावधानी से पीतल की बनी कश्मीरी मेज पर रखकर बोले, "मगनलाल ही मछली बाबा का सृष्टिकर्ता था यह बात मैं आप लोगों को पहले ही

बता चुका हूँ। मछली बाबा अन्तर्यामी हैं, वे चमत्कारिक शक्तियों के धनी हैं—इस प्रकार की कुछ धारणाएँ प्रचारित करने से ही काम बन जाता है। केदार घाट पर मछली बाबा के आने से पहले अभय चक्रवर्ती और लोकनाथ पण्डा के बारे में दो-चार बातें जान लेना मगनलाल जैसे आदमी के लिए जानना मुश्किल बात नहीं थी। बाकी काम अभय बाबू की अन्धभक्ति और स्थानीय लोगों के विश्वास के बल पर आसान हो गया था।"

फेलूदा कुछ रुके। लालमोहन बाबू के हँसने के लिए सिर पीछे करते ही मैंने उनकी कुहनी में धक्का मारकर ऐसा करने से रोका। वहाँ मौजूद सभी लोग मुँहबाये फेलूदा की बातें निगल रहे थे। फेलूदा ने कहना शुरू किया—

"हाल ही में मगनलाल के यहाँ बैठकर मेरी उससे कुछ बातें हुई थीं। मगनलाल ने कहा था गणेश की मूर्ति उसके पास है और उमानाथ बाबू ने खुद उसे बेचा है।"

"ऐं!" उमानाथ बाबू बेहद गुस्से में कुर्सी छोड़कर उठ खड़े हुए—"आपने उसकी बातों पर यकीन कर लिया?"

"रहस्य की एक नई दिशा के रूप में यह बात सुनने में बुरी लगी थी, यह नहीं कहूँगा। लेकिन अगले ही क्षण जब मगनलाल ने जाँच बन्द करने के लिए मुझे मोटी रकम देने की पेशकश की तब मन में कुछ सन्देह पैदा हुआ। हालाँकि जाँच रोकने का एक कारण मगनलाल ने बताया था मगर वह मुझे बहुत यकीन करने लायक नहीं लगा। उसकी बात अगर सच होती तो आप मुझे घूस ऑफर कर सकते थे, क्योंकि चूहे का बिल खोदते वक्त साँप का निकल आना आपके लिए भी ठीक नहीं होता। लेकिन आपने मुझे खुद ही जाँच करने के लिए कहा था।"

"खुद ही,"—लालमोहन बाबू ने इसे दोहराया—"हा:-हा:, खुद ही।"

फेलूदा ने लालमोहन बाबू के पागलपन पर ध्यान न देकर बात जारी रखी—"उसी वक्त मुझे सन्देह हुआ कि सम्भव है कि गणेश की मूर्ति आप लोगों के यहाँ ही कहीं पर रखी है तथा मगनलाल किसी भी तरीके से किसी वक्त उसे पाने की उम्मीद लगाए बैठा है। घर ही में वह मूर्ति थी मगर सन्दूक में नहीं थी, ऐसी हालत में आखिर वह चीज गई कहाँ? उसी के साथ यह भी खयाल आया कि इस मकान के किसी के साथ मगनलाल की साठ-गाँठ बिना हुए वह उस मूर्ति को पाने की उम्मीद कैसे कर रहा था?

"मैं यही सब जब सोचता था तब एक कारण से अचानक मुझे मिस्टर सिंह पर सन्देह हुआ। मुझे पता चला कि उन्होंने एक जरूरी तथ्य मुझसे छुपा रखा था। जिरह के दौरान विकास बाबू ने मान लिया कि उन्होंने 10 अक्टूबर को छुपकर मगनलाल के साथ उमानाथ की बातें सुनी थीं। सुनने के बाद से उनके मन में गणेश के बारे में कुतूहल जग गया था। मिस्टर घोषाल जिस दिन मछली बाबा के दर्शन करने गए थे। उस दिन उत्कण्ठावश विकास बाबू ने पहली मंजिल पर अम्बिका बाबू के कमरे में जाकर उनके दराज से चाबी लेकर सन्दूक खोल लिया। खोलने पर देखा वहाँ मूर्ति नहीं थी।

"उस वक्त मूर्ति नहीं थी?" उमानाथ बाबू ने चौंकते हुए पूछा। "इसका मतलब उसके पहले ही चोरी हो गई थी?"

"चोरी नहीं।" फेलूदा ने खड़े होते हुए कहा। उनके हाथ उनके पैंट की जेबों में थे।

"चोरी नहीं, एक बेहद बुद्धिमान व्यक्ति ने उस मूर्ति को मगनलाल के हाथ से बचाने के लिए उसे छुपा दिया था।"

"कैप्टन स्पार्क!" रुक्मिणी कुमार के मुँह से निकला।

सभी की नजरें रुकू की ओर चली गईं। वह कमरे के एक कोने में एक दरवाजे के बगल में हाथों में पर्दा पकड़े खड़ा था।

"ठीक कहा, कैप्टन स्पार्क उर्फ हमारे रुकू बाबू। अच्छा कैप्टन स्पार्क, जब उस दिन तुम्हारे पिता के साथ एक मोटे सज्जन इस कमरे में बैठे बात कर रहे थे।"

रुकू फेलूदा की बात खत्म होने के पहले ही चिल्ला पड़ा—"डाकू गन्तारिया! कैप्टन स्पार्क उसे बार-बार बेवकूफ बनाता था।"

"उसकी बातें क्या तुमने उस बगलवाले कमरे से सुनी थीं?"

रुकू ने तुरन्त जवाब दिया—"बेशक। मैंने उसी के बाद सन्दूक खोलकर उस गणेश को छिपा दिया। नहीं तो उसके हाथ में चली गई होती।"

"वेरी गुड," फेलूदा बोले। फिर दूसरों की तरफ मुड़कर बोले, "मैंने कैप्टन स्पार्क से गणेश की मूर्ति के बारे में पूछा था। जवाब में उसने कहा था, वह मूर्ति मिल नहीं पाएगी। क्योंकि वह अफ्रीका के एक राजा के पास है। इस बात का अर्थ मैं उस वक्त समझ नहीं पाया था। बाद में अचानक ही इसका मतलब पैंतालीस साल पुरानी टार्जन की एक फिल्म देखते वक्त समझ में आ गया।"

फेलूदा के रुकते ही चारों तरफ से—'वह क्या? टार्जन की फिल्म?' आदि कई सवाल एकसाथ ही वहाँ गूँजे। फेलूदा ने सीधे-सीधे जवाब न देकर एक बार फिर रुकू की ओर देखकर कहा, "कैप्टन स्पार्क! टार्जन फिल्म की शुरुआत कैसे होती है क्या तुम्हें याद है?"

"बिल्कुल।" रुकू ने कहा, "मेट्रो गोल्डविन मेयर प्रेजेण्ट्स—"

"एकदम सही—मिस्टर तिवारी, जरा देखिए तो हम लोग मेट्रो गोल्डविन का खेल थोड़ा-बहुत दिखा सकते हैं कि नहीं।"

तिवारी ने अपनी कुर्सी के नीचे से अखबार में लिपटी एक विचित्र चीज उसमें से निकालकर फेलूदा की ओर बढ़ा दी। उस पर बिजली के फानूस की रोशनी पड़ते ही मैं समझ गया वह एक पानी में खराब हो गया मिट्टी का बना हुआ मुँह फाड़े सिंह का सिर था। फेलूदा उस सिर को हाथों में लेकर तब बोले, "यह देखिए अफ्रीका के जंगलों का राजा तथा दुर्गा के वाहन का सिर है। कैप्टन स्पार्क ने इस शेर के मुँह में गणेश की मूर्ति छिपा दी थी। उसकी धारणा थी कि विसर्जन के बाद गणेश की मूर्ति बहते-बहते समुद्र में चली जाएगी, जहाँ एक हाँगर उसे निगल लेगा, और स्पार्क ही फिर से उस हाँगर को भाले से मारकर गणेश की मूर्ति को फिर से हासिल कर लेगा। क्यों ठीक कह रहा हूँ न, कैप्टन स्पार्क?"

"और मछली बाबा का प्लान था कि वे प्रतिमा विसर्जन के पहले खुद पानी में कूद जाएँगे। इसके बाद कुछ दूर तैरकर फिर डुबकी लगाकर तैरते हुए घाट की ओर वापस लौट आएँगे और नाव की आड़ में इन्तजार करेंगे। फिर विसर्जन के तुरन्त बाद फिर से डुबकी लगाकर सिंह के माथे को उखाड़कर अपने साथ लेकर मुंशी घाट और राज घाट के बीचोंबीच एक सुनसान जगह पर पहुँच जाएँगे। इस बीच मगनलाल का बजरा भी वहाँ पहुँच जाएगा। बस, बाकी काम आसान है।"

उमानाथ बाबू ने कहा, "मगर बाबा जी के दशहरा के दिन जाने की बात उनके भक्तों ने ही तय की थी और गणेश की मूर्ति कहाँ थी यह बात बाबा जी को कैसे पता चली? मगनलाल को ही यह बात कैसे मालूम हुई?"

"दोनों का जवाब आसान है," फेलूदा ने कहा, "तृतीया के दिन बाबा जी अपने भक्तों से एक से दस नम्बर के बीच का कोई नम्बर बताने के लिए कहते हैं। यथारीति ज्यादा लोगों का जवाब सात ही होता है।

यही नियम है। अर्थात् दिन तय हो गया तीन धन सात यानी दस—अर्थात् दशहरा। और शेर के मुँह में गणेश की मूर्ति छिपाने की बात कैप्टन स्पार्क ने भले ही सभी को न बताई हो, उसने अपने दोस्त सुरय को तो बताई ही थी—ठीक कह रहा हूँ न कैप्टन स्पार्क!"

रुकू निश्चल खड़ा था, उसकी भौंहें सिकुड़ गई थीं। उसने स्वीकार में धीरे से अपना सिर हिला दिया।

फेलूदा ने एक गहरी साँस लेकर कहा, "शैतान सिंह वाकई शैतान सिंह है। सुरय का पूरा नाम सुरयलाल मेघराज है। वह मगनलाल का छोटा बेटा है। वह बिल्कुल 'बाप का बेटा' है। वह मानमन्दिर के पास मगनलाल के दो मकानों में से एक में रहता था। उसमें फैमिली रहती थी। दूसरे में मगनलाल खुद रहता था। सुरय ने ही अपने पिता को यह बात बताई थी, उसी के बाद मगनलाल ने षड्यन्त्र का यह ताना-बाना बुना था।"

"विश्वासघाती!" रुकू के मुँह से निकला।

इतनी देर बाद अम्बिका बाबू ने मुँह खोला, "शेर का सिर तो मेज पर रख दिया मगर मूर्ति कहाँ है?"

फेलूदा ने उसे हाथों में उठा लिया। इसके बाद उसके खुले मुँह में हाथ डालकर झटका देते ही जो चीज बाहर निकली वह गणेश की मूर्ति तो नहीं ही थी। वह उनकी अँगुली के पोर में लगी कोई सफेद चिपचिपी चीज थी।

"कैप्टन स्पार्क ने गणेश की मूर्ति को भीतर चिपकाए रखने के लिए एक बढ़िया सहज तरीका निकाला था।"

"चिकलेट!" रुक्मिणी कुमार के मुँह से निकाला।

"हाँ, च्विंगम।" फेलूदा ने कहा, "उस च्विंगम का थोड़ा-बहुत अभी भी रह गया है मगर मूर्ति अब यहाँ नहीं है।"

फेलूदा के मुँह से यह बात निकलते ही घोषाल बाड़ी के लोगों के चेहरे उतर गए। उमानाथ बाबू अपना माथा पीटते हुए बोले, "तो फिर सब करके फायदा क्या हुआ मिस्टर मित्तिर, जब मूर्ति ही नहीं है?"

फेलूदा ने सिंह के माथे को फिर से नीचे रखते हुए कहा, "मैंने आप लोगों की आशाओं पर तुषारापात करने के लिए यहाँ नहीं बुलाया है मिस्टर घोषाल। गणेश जी भी हैं उनकी मूर्ति कहाँ है यह बताने से पहले मैं आप लोगों को एक घटना की याद दिलाना चाहता हूँ। आप लोगों के एक अति परिचित व्यक्ति की मौत की घटना। शाशिभूषण पाल की मौत।"

"उन्हें तो उनके बेटे ने ही मारा है," उमानाथ बाबू बोले, "क्या उसी ने वह मूर्ति चुराई है?"

"परेशान मत होइए," फेलूदा ने कहा, "पहले मेरी बात ध्यान से सुनिए। मैं जो कहने वाला हूँ वह प्रमाण सापेक्ष है और वह प्रमाण हमें मिलेगा, इसका मुझे यकीन भी है।"

उस कमरे के सभी लोग स्तब्ध होकर फिर से फेलूदा को देखने लगे। लालमोहन बाबू अब जोर से नहीं हँस रहे थे लेकिन उनके चेहरे पर एक स्थायी मुसकान बनी हुई थी। मगर पता नहीं क्यों वे बीच-बीच में अपना दायाँ हाथ अपने माथे पर मार देते थे।

फेलूदा ने कहा, "सिंह के मुँह में अगर गणेश की मूर्ति छिपाई गई हो तो फिर शशि बाबू की नजरों से उसका बच पाना मुश्किल था। खासकर जिस दिन वे सिंह के चेहरे के बाहर और भीतर रँगने का काम कर रहे थे। यानी कि पंचमी के दिन अर्थात् जिस दिन उनकी हत्या हुई। उस दिन शाम को आप लोग घर पर नहीं थे, आप लोगों को यह बात याद होगी। त्रिलोचन ने बताया था उस दिन आप लोग विश्वनाथ जी के मन्दिर में आरती देखने गए हुए थे।"

उमानाथ बाबू ने स्वीकार में सिर हिलाया फेलूदा ने कहा, "हमें पुलिस से पता चला कि शशि बाबू उस दिन फिर से अपनी तबीयत खराब महसूस कर रहे थे, इसलिए दवा माँगने गए थे। इस बात को विकास बाबू ने ही पुलिस को बताया था। शशि बाबू के जाने के कुछ क्षणों के बाद ही विकास बाबू भी बाहर निकले थे। वे किस काम से निकले थे यह बात क्या मैं उनसे पूछ सकता हूँ?"

विकास बाबू ने गम्भीर गले से बताया, "यह बात मुझसे क्यों पूछ रहे हैं मैं इसका कारण नहीं समझ पा रहा हूँ। खैर मिस्टर मित्तिर के सवाल का जवाब है—मैं सिगरेट खरीदने के लिए निकला था।...मिस्टर मित्तिर को क्या कुछ और पूछना है?"

"बिल्कुल पूछना है।...विकास बाबू आपको सिगरेट खरीदकर लौटने में घंटे भर से ज्यादा समय क्यों लग गया ?"

"क्योंकि मैं गंगाजी के किनारे थोड़ी हवाखोरी के लिए गया था। घाट का नाम जानना चाहते हैं तो उसे भी बताए देता हूँ। हरिश्चन्द्र घाट। सोनरपुरा रोड के डॉक्टर अशोक दत्त से वहाँ पर भेंट हुई, करीब दस मिनट तक बातें भी हुईं। आप उनसे पूछकर पता कर सकते हैं।"

"विकास बाबू, आपके हरिश्चन्द्र घाट पर जाने की बात पर मैं सन्देह नहीं कर रहा हूँ। वहाँ जाने का आपका एक खास कारण था। उसे मैं अभी बता रहा हूँ। उसके पहले कैप्टन स्पार्क से मैं एक सवाल और पूछना चाहता हूँ। कैप्टन स्पार्क, क्या तुमने स्वयं अपने असिस्टेण्ट रक्षित सिंह से मुँह में गणेश को छिपाने की बात कही थी?"

"उसे तो यकीन ही नहीं हुआ था," रुकू ने कहा।

"पता है। इसीलिए उसने सन्दूक खोलकर देखा था कि रुकू की बात सच है कि नहीं। जब उसने देखा सच है, तभी से उसमें उस मूर्ति के प्रति लालच पैदा हो गया। मगर संयोग से वह खुद ही उसके हाथ में

चली आई थी। शशि बाबू को जब वह मूर्ति मिली तो घर में और किसी को न पाकर उन्होंने विकास बाबू के पास उसे रखवाना चाहा था। लेकिन विकास सिंह उस मूर्ति को उस तरह से पाना नहीं चाहते थे। शशि बाबू तो उस मूर्ति की बात अगले ही दिन सभी को बता देते। उन्हें खत्म किए बिना तो विकास बाबू का मतलब सध नहीं सकता था। इसीलिए उन्होंने शशि बाबू का पीछा किया था। रास्ते में उन्होंने श्रीधर वेराइटी स्टोर्स से एक चाकू खरीदा। उसी से गणेश मुहल्ले की अँधेरी गली में उन्होंने शशि बाबू को बेरहमी से मार डाला। इसके बाद हरिश्चन्द्र घाट पर जाकर खून से सने उस चाकू को फेंक दिया।"

"झूठ है। एकदम झूठ है। इनकी हर बात झूठी है।" विकास बाबू का ऐसा अद्‌भुत चेहरा किसी दिन देखूँगा, इसकी कल्पना नहीं की थी। उनकी दोनों आँखें और माथे की बगल की दोनों नसें जैसे बाहर निकल आना चाहती थीं—"वह मूर्ति अगर मैंने ली ही है तो वह गई कहाँ। गणेश की मूर्ति कहाँ है?"

"और एक दिन बीत जाता तो वह नहीं मिलती। आपने जरूर उसे मगनलाल को बेच दिया होता। लेकिन दुर्गापूजा के कुछ दिनों तक आप घर से निकल नहीं पाए थे। इसीलिए आपको वह मूर्ति छुपाकर रखनी पड़ी थी।"

"एकदम झूठ।"

"तिवारी जी।" फेलूदा ने दारोगा साहब की ओर हाथ बढ़ाया। तिवारी ने इस पर एक और चीज फेलूदा को थमा दी।

विकास बाबू का रेडियो।

फेलूदा ने रेडियो से उसके बैटरी रखने के ढक्कन को खोलकर उसके भीतर हाथ डालकर आखिरकार हीरे जड़ी ढाई इंच लम्बी गणेश जी की मूर्ति बाहर निकाल ली।

अगले ही क्षण अम्बिका बाबू की वह बड़ी-सी चप्पल उनके पैर से निकलकर विकास बाबू के गाल पर जोर से पड़ी।

सबसे अन्त में रुकू के गले से पतली-सी चीख निकली—

विश्वासघाती! विश्वासघाती! विश्वासघाती!

घोषाल बाड़ी में तारीफ और दावत के अलावा और जो चीज मिली वह इस वक्त फेलूदा की जेब में एक लिफाफे में बन्द थी। हमलोग मदनपुरा रोड से पैदल घर लौट रहे थे। लालमोहन बाबू का भाँग का नशा खत्म हुआ था कि नहीं, पता नहीं। हो सकता है फेलूदा के आँख दिखाने और मेरे चिकोटी काटने कारण उन्होंने अपने को सँभाल रखा था।

कीर्तिराम छोटूराम के पान की दुकान के सामने रुकते ही अचानक लालमोहन बाबू फिर से हँस पड़े।

"आपको अचानक क्या हो गया?" फेलूदा ने कहा, "लगता है आपको राँची भेजना पड़ेगा। इतनी बड़ी—एक घटना आपको हँसने वाली चीज लग रही है?"

"अरे वह बात नहीं है," लालमोहन बाबू अपनी हँसी किसी तरह रोकते हुए बोले, "आपको तो असली बात का पता ही नहीं है। रहस्य-रोमांच सीरीज की तिरसठ नम्बर पुस्तक जटायु द्वारा लिखित 'लाल हीरे का रहस्य'—उस दिन रुकू के पास देखी। उसके हीरो ने मुँह फाड़े एक मगरमच्छ के पुतले के मुँह में एक हीरा छुपाकर रखा था, जिससे वह विलेन के हाथ में न लग जाए। आप सोच सकते हैं कि मेरी ही लिखी वह पुस्तक थी और मैं ही यहाँ फेल हो गया, जबकि फेलू मित्तिर हीरो बन गए।"

फेलूदा कुछ देर लालमोहन बाबू की ओर देखते रहे फिर बोले, "आप भूल कर रहे हैं लालमोहन बाबू! यह कहना ज्यादा सही होगा कि आपने अपनी कलम के जोर से ऐसा एक रहस्य बुना था जो हकीकत में सामने आने पर फेलू मित्तिर तक के लिए जासूसी की नौबत आ गई थी। लिहाजा आप भी किसी से कम हीरो नहीं हैं।"

सात प्रकार के मसाले वाला वरक लगा पान अपनी चार अँगुलियों से मुँह में ठेलकर लालमोहन बाबू ने कहा, "आपने भी ठीक कहा जनाब! जटायु का जवाब नहीं।"